ERNEST AMELINE

FLEURS AIMÉES

POÉSIES

PARIS

LIBRAIRIE DES BIBLIOPHILES

Rue Saint-Honoré, 338

M DCCC LXXVIII

FLEURS AIMÉES

POÉSIES

ERNEST AMELINE

FLEURS AIMÉES

POÉSIES

PARIS
LIBRAIRIE DES BIBLIOPHILES
Rue Saint-Honoré, 338

M DCCC LXXVIII

Au moment où ce Recueil de Poésies allait paraître, un deuil immense vint en arrêter subitement la publication.

Aujourd'hui j'en retrouve les diverses pièces, et, plus jaloux de l'hommage que je dois à une chère mémoire que de mon amour-propre d'auteur, je les livre à mes lecteurs telles qu'elles étaient jadis, sans les revoir, et dans l'ordre où Elle et moi les avions classées ensemble.

Quelques personnes trouveront peut-être un peu prétentieux le titre de ce volume; mais je n'aurai que cette seule réponse à leur faire : Il m'a été suggéré par la sympathie et l'indulgence de mes amis, de mes confrères.

Les uns n'ont-ils pas, durant les longues soirées d'hiver, prêté une oreille complaisante à plusieurs des pièces qui le composent ? Les autres ne leur ont-ils pas accordé une place honorable dans leurs recueils littéraires, et même la faveur d'une lecture publique à des séances solennelles?

Ces pièces sont donc pour moi des fleurs écloses sous les plus heureux auspices.

Interprètes, pour la plupart, de la vérité; épanouies auprès du foyer domestique, rassemblées par une main bénie, accueillies enfin par l'amitié et par des suffrages éclairés, pouvais-je les nommer autrement que

FLEURS AIMÉES?

E. A.

Imp. Lemercier & Cie Paris

FLEURS AIMÉES

POÉSIES

AVANT-PROPOS

DE CIEL EN TERRE

A MES AMIS

« De l'aigle vous avez la puissante envergure :
Montez, me disiez-vous, planez sur la nature,
Fixez sur le soleil un œil audacieux,
Plus haut encor ! Frappez à la voûte des cieux !
Et n'ayez désormais qu'une pitié profonde
Pour ce globe argileux qui se nomme le monde. »

Amis, je vous ai crus. Mais, sans règle, sans loi,
M'égarant dans mon vol, quand tout autour de moi
Je n'ai vu que néant, j'ai regretté la terre
Et cherché quelque roc où s'accrochât ma serre.

Tel est, en abrégé, mon roman, cher lecteur ;
Dans le vide des airs, confessons-le, j'eus peur,
Et, dépouillant soudain mes allures bravaches,
Je m'abattis, honteux, sur le plancher des vaches.
Aussi, qu'allais-je faire à briguer ces bravos
Que le public dispense à de vastes travaux,
Quand d'un tragique, hélas ! je n'avais pas la trempe?
Tel qu'un drapeau mouillé retombant sur sa hampe,
Puisque pour bien longtemps je me sens aplati,
Reprenons, sans rougir, le ciseau d'apprenti.
Mes vers ne sont pas faits pour une apothéose,
Qu'ils redisent, alors, le zéphyr et la rose,
Le ruisseau gazouillant, l'oiseau, tout ce fretin
Qui se change, pour nous, en opulent butin,
Les jours où notre esprit flotte dans la pénombre :
Fou qui lâche la proie et s'élance après l'ombre!
Surtout lorsque Apollon, le plus ladre des dieux,
Sur quatre élus par siècle éparpille ses feux,
Ou si pour un cinquième il fait luire une étoile,
C'est un vieil astre usé grelottant sous son voile !

Oui, puisque à mon essor tant de champs sont fermés,
Retournons, retournons aux vers accoutumés.
D'ailleurs, le goût n'est plus à la grande peinture,
Mais aux toiles de genre, à la miniature.

Au-dessus d'un Rubens si nous voyons priser
Un tout petit tableau bien facile à caser,
Que dira-t-on des vers? — Une longue tirade
De beaux alexandrins rend l'auditeur malade,
Et je sais un neveu qui devint héritier
Pour avoir lu Mérope *à son oncle, en entier.*
Faire petit, *voilà le grand mot de l'époque !*
Eh bien, faisons petit ! *et, tour à tour j'évoque*
Un rêve, un souvenir, un futile sujet ;
Je l'arrête au passage et l'esquisse d'un jet.
Tout m'est bon : les grands bois, la montagne, la grève;
Pareil à la fourmi, je butine sans trêve,
Et, douce illusion ! il est de ces moments
Où, pour moi, tout devient perles et diamants.
Oh ! que n'en tombe-t-il quelques-uns de ma lyre !
Alors, nul d'entre vous, amis, n'oserait dire,
En refermant soudain les feuillets entr'ouverts
De mon œuvre nouvelle : O ciel ! encor des vers !!!

UN LIVRE

A la mémoire de ma Mère

Dans ma bibliothèque il est un petit livre
Dont la tranche dorée et le fermoir de cuivre
Sont ternis par le temps bien plus que par la main ;
Laissant au second plan Virgile, Homère, Horace,
Il montre au premier rang, à la première place,
Ses feuillets tout jaunis comme un vieux parchemin.

Ce livre, oh ! qu'il m'est cher ! — Contre sa couverture
Aux coins tout écornés, disjointe par l'usure,
Si je l'ouvre, je vois, soigneusement collé,
Le beau *Souvenez-vous :* — éloquente prière
Qu'on adresse à la Vierge aux heures de misère, —
Que trop souvent, hélas ! je me suis rappelé.

Je me souviens, alors ! —
L'écriture hardie,
Régulière, sans tache, emblème de sa vie,
C'est celle de ma mère. — Au seuil de la maison,
Un jour, elle glissa dans mon humble bagage,
Comme un palladium durant mon long voyage,
Chaude de ses baisers, la divine oraison.

Oh ! oui, je me souviens ! ! ! .
Son ombre se dégage
De chaque caractère, et monte de la page
Jusqu'à mes yeux en pleurs, et je l'entends encor
Redire, en s'inspirant d'une forte Romaine,
Quand à son cou mes bras lui faisaient une chaîne :
« Voilà mes seuls bijoux et voilà tout mon or. »

Oh ! oui, je me souviens ! ! !
A l'heure où tout repose,
Elle est là... près de moi... dans l'alcôve mi-close,
Interrogeant mon pouls, interrogeant mon cœur ;
Puis, plus tard, de mon âme elle entreprend la cure :
J'arrive dépouillé de la moindre souillure
Au grand jour où l'enfant s'unit au Créateur.

Oh! oui, je me souviens!!!
Que de fois, ô ma mère!
Je te quittai pour suivre un bonheur éphémère!
Et que de fois, saignant aux ronces du chemin,
Un moment dégrisé d'une trompeuse ivresse,
Tu m'as vu revenir à ta pure tendresse
Et cacher, tout honteux, ma tête dans ton sein!

Oh! oui, je me souviens!!!
Au jour de l'agonie,
Comme un avant-coureur de la gloire infinie,
Une lueur passa sur ton front décharné,
Ma main dans tes deux mains fut longuement pressée,
Et puis... tu murmuras d'une voix oppressée:
« Mon Dieu! gardez le fils que vous m'avez donné! »

. . . .
. . . .

Voilà ce que contient cet affreux petit livre
Dont la tranche dorée et le fermoir de cuivre
Sont ternis par le temps bien plus que par la main:
Voilà pourquoi, laissant Virgile, Homère, Horace,
Au second rang il montre, à la première place,
Ses feuillets tout jaunis comme un vieux parchemin.

SANS ENFANTS[1]

A Madame Ernest Ameline

Son réveil est triste, morose ;
Jamais, dans l'alcôve mi-close,
Jamais, sous le rideau bouffant,
Tout pétillant de gentillesse
Et jetant un cri d'allégresse,
Ne passe un frais minois d'enfant.

Le cœur en deuil, elle se lève,
Car elle a senti, dans un rêve,
Deux petits bras ronds, potelés,

1. Pièce lue dans la séance publique de la Société philotechnique, le 20 janvier 1878.

Les bras charmants d'un petit ange
Tombé de la sainte phalange,
A son cou longtemps enroulés.

De cet enfant imaginaire,
Quand vient l'heure de la prière,
Elle prend et joint les deux mains :
Sur ses genoux, son buste rose
Se courbe dans la sainte pose
Qu'au ciel on prête aux chérubins.

A table, d'un regard avide,
Elle couve la place vide
Qu'il pourrait aisément tenir, —
Et ses yeux se gonflent de larmes...
Enfant, cause de ses alarmes,
Pourquoi tant tarder à venir ?

Quelle douleur cuisante, vraie !
Son pauvre cœur est sur la claie
Quand le hasard, dans son chemin,
Amène la moindre fillette
Qui lance son chant d'alouette
Et se fait tirer par la main.

Elle la suit ; ô doux mirage !
Entre avec elle sous l'ombrage
Des beaux jardins, et, par degrés,
L'attire... la saisit... l'embrasse...
Et l'enfant la regarde en face
Avec de grands yeux effarés.

Ou bien elle entr'ouvre sa robe
Au frais blondin qui se dérobe
En poussant mille petits cris,
Et, frémissante, tout heureuse,
Caresse sa tête soyeuse
Perdue au milieu de ses plis.

Voilà déjà bien des années
Que de son cœur tombent fanées
Fleurs d'espérance et fleurs d'amour ;
Le grand, l'insondable mystère
Qui lui ravit le nom de mère
Va s'obscurcissant chaque jour.

Voyez-la, pâle, solitaire,
Exhalant la même prière,
Courbée en deux, aux saints parvis :

« O toi qui jamais ne délaisses
L'âme qui t'offre ses tristesses,
Donne-moi, Vierge sainte, un fils! »

. . . .

Mais, un matin, de sa fenêtre,
Sous la neige elle a vu paraître
Une bière qu'on emportait
Sans cortége, même sans prêtre, —
La bière d'un tout petit être...
Derrière... un homme sanglotait.

Les yeux sur les tentures blanches
Qui cachaient mal les quatre planches,
Enveloppe de son bonheur,
Il trébuchait comme un homme ivre :
Que lui fait de mourir, de vivre?
Son fils est mort... mort est son cœur!

A peine si la foule s'ouvre
Et si le passant se découvre :
On dirait que pour ces cercueils,
Hélas! qui ne sont pas de taille,
Et frôlent, honteux, la muraille,
Il n'est point de respects... de deuils!

Si la route est longue, on l'abrége;
Les deux porteurs, tout blancs de neige,
Font la corvée en grommelant.
Ils vont... à la fosse commune
Jeter cette charge importune,
Ce qui fut, hier... un enfant!

O prodige! la pauvre femme
Renaît à la vie. Une flamme
En elle a passé comme un trait,
Et de larmes toute baignée:
« Mon Dieu! dit-elle, prosternée,
Ce que vous faites est bien fait! »

AU SAINT BERNARD

A Monsieur Gustave Nast.

Du Saint-Bernard, un soir, la voûte monastique
Retentissait des sons d'une plate musique.
Un *Père* avait ouvert un mauvais clavecin,
Et d'amateurs nombreux le bourdonnant essaim
S'en était emparé. Les arpéges, les gammes,
S'égrenaient sous les doigts de vingt charmantes femmes
Un oiseau rare, — bref, ce qu'on nomme un ténor,
Glapissait des fragments de l'*Étoile du Nord*,
Tandis qu'un soprano fredonnait la roulade
Qui de Gounod finit la belle *Sérénade.*

Au dehors, cependant, la tempête soufflait;
La neige s'entassait sur la double fenêtre[1],
Et dans un angle obscur on voyait le saint prêtre
Baiser avec ferveur la croix d'un chapelet.
On eût dit, quand le vent s'engouffrait sous la voûte,
Les cris désespérés d'une armée en déroute,
Et quand, sur le perron, grinçait la croix de fer,
Un satanique appel qu'aurait jeté l'enfer.
Mais que leur importait, à ces roides Anglaises
Qui savouraient leur thé, se contaient cent fadaises,
La grande voix de Dieu qui passait sur les monts?
Pas un pli ne ridait leurs impassibles fronts!

Soudain l'éclair jaillit et la foudre crépite.
Un coup sec!... On dirait un vaste aérolithe
Qui du saint monastère a perforé les toits:
Tous, nous sommes debout, sans regard et sans voix.
Le *Père,* à mes côtés, pieusement se signe
En murmurant: « Mon Dieu, de vous rendez-moi digne! »
Partout l'obscurité! — D'un unique flambeau
La lueur vacillante éclaire ce tombeau,

1. Toutes les fenêtres de l'hospice du Saint-Bernard sont doubles.

Et j'attends, consterné, le front contre une table,
Que la trombe m'emporte ainsi qu'un grain de sable.
Je sens déjà passer sur moi de longs frissons;
Partout je vois surgir, d'insondables bas-fonds,
Et chercher le grand jour, des spectres à l'œil glauque :
Horreur ! ils ont redit mon nom d'une voix rauque.
Suis-je à jamais chassé du nombre des vivants?
Et mon corps ira-t-il, triste jouet des vents,
Allonger d'un anneau l'épouvantable chaîne
Des pauvres oubliés dans la morgue prochaine[1]?

J'implorais le Très-Haut, lorsque d'un angle obscur
S'élève, au même instant, un hymne frais et pur,
Un de ces chants divins qui plongent dans l'extase
Et dont nous voudrions retenir chaque phrase,
Beau de simplicité, sans apprêt et sans art,
Enfin l'œuvre d'un maître... un duo de Mozart !
Contre le sombre mur par la peur terrassées,
Deux sœurs, deux chérubins ! l'une à l'autre enlacées,

---

1. La morgue du Saint-Bernard a le privilége de maintenir dans un état parfait de conservation les cadavres trouvés sous la neige et qui n'ont pas été réclamés par les familles.

Avaient uni leurs voix, d'abord timidement;
Puis, cédant tout à coup à quelque enivrement,
Leur âme vers le ciel débordait tout entière:
Je n'entendis jamais d'aussi belle prière! —

Dieu se sent désarmé. — L'éclair sur les panneaux
Glisse de loin en loin à travers les vitraux;
Tout rentre dans le calme au-dessus de nos têtes;
On dirait que ces sons enchaînent les tempêtes;
Leur rhythme harmonieux tantôt monte ou descend,
Puis dans un doux murmure il va s'affaiblissant
Et meurt...
Est-ce un prodige? A la fin du cantique,
J'ai cru voir s'entr'ouvrir la voûte monastique,
Et mon œil suit longtemps deux anges radieux,
L'un sur l'autre appuyés, qui regagnent les cieux.

BRAVE CŒUR!

A M. Guillaume Sabatier d'Espeyran.

Cherchant en vain la lumière,
Les deux pieds dans la poussière,
L'aveugle, au bord du chemin,
Tend une main suppliante
Au flot qui passe et qui chante,
Sans souci du lendemain.

Il tourne la manivelle
D'un orgue... souvent rebelle,
Qui s'attarde à tout moment,
Et qui confond et qui mêle
La joyeuse ritournelle
Et les airs d'enterrement :

Le chant d'adieu du *Trouvère,*
Puis *Malbrough s'en va-t-en guerre,*
Le Premier Jour de bonheur,
Que sais-je? une mosaïque!
Noël? céleste cantique!
O ma belle, à toi mon cœur!

De sa funeste aventure
La flamboyante peinture
Est suspendue à son cou;
Mais, devant l'horrible drame,
A peine la grande dame
Parfois jette-t-elle... un sou!

Cependant son vieux caniche,
Droit comme un saint dans sa niche,
A tout venant fait le beau;
Il bat l'air de ses deux pattes,
Prend des airs aristocrates,
Drapé dans un vieux lambeau.

Pauvre chien! pauvre Moustache!
Tous les jours, la même tâche!

Triste esclave du devoir,
Grâce à toi, dans la sébile
Le pain du maître et l'asile
Se retrouvent chaque soir.

Vois-tu ces bandes joyeuses,
En toilettes tapageuses,
Qui descendent le coteau?
Bon espoir!... Recette chiche :
Pour l'aveugle et le caniche,
Tout au plus du pain... de l'eau!

Pourtant c'est fête au village :
En plein vent grand étalage
De faïences, de cristaux;
Panoramas et féeries,
D'engageantes loteries
Et des jongleurs de tréteaux!

Partout on entre, on s'amuse,
Et du tir à l'arquebuse
On passe, en quelques instants,
A l'hercule, à la géante

Qui pèse trois cent cinquante,
Puis au charmeur de serpents. —

Mais la nuit tombe. — Les belles
Quittant les sombres tonnelles,
Vers Paris vont s'envoler.
O ciel! un galant leur manque!
La femme d'un saltimbanque,
Pour sûr, vient de le voler!

Non. Sous la sale courroie,
Et tel qu'un roseau qui ploie,
Voici leur gai compagnon!
C'est bien lui! Sa silhouette
Se dessine, ferme et nette,
Près d'un mourant lumignon.

A ses côtés se pavane
Tom..., pur sang de la Havane,
Qui, sous un brillant plumet,
Prend une grotesque pose
Et tire sa langue rose
Entre ses vingt dents de lait.

Son maître a la main fiévreuse;
Il trouve une veine heureuse,
Tous airs du même fagot:
Sur le cylindre mobile
Passent refrains de Mabille,
Grand chœur de *Madame Angot.*

Et trop petite est la coupe,
Car la charitable troupe
La remplit en un moment;
Les gros sous, la pièce blanche,
Tombent comme l'avalanche
Sur le poussif instrument.

Oh! la splendide recette!
Un beau louis la complète:
Pour six mois voilà du pain!
Notre aveugle est dans l'extase:
« Allons, mon vieux, point de phrase,
Adieu... jusqu'à l'an prochain! »

PRENDS GARDE AUX LOUPS

IDYLLE

A M. Aug. Eck.

« Prends garde aux loups, fillette, oh ! prends bien garde
[aux loups !
C'est à l'heure où tu suis le *chemin du Vieux-Saule*,
Ton panier à la main, tes livres sur l'épaule,
Qu'ils sortent des grands bois et font leurs plus beaux coups.
Aussi, n'en longe point de trop près la lisière ;
Ils pourraient t'emporter jusque dans leur tanière.
Prends garde aux loups, fillette, oh ! prends bien garde
[aux loups !

Veux-tu les reconnaître ? Ils ont tous le poil roux,
Quatre pieds, de gros yeux. — Si j'ai bonne mémoire,
De formidables crocs garnissent leur mâchoire.
Fins et rusés, parfois ils jappent comme un chien,
Pour vous donner le change.— Il n'est qu'un seul moyen
D'arrêter l'ennemi. S'il te suit à distance,
En te guettant avec des airs d'indifférence,
Jette-lui ton dîner, sauve-toi promptement,
Et tu pourras peut-être échapper à sa dent.
Tu liras, mais plus tard, qu'on jette le bagage
De la sorte, à la mer, pour sauver l'équipage. » —

Fillette a bien compris et prend, depuis ce jour,
Pour se rendre à l'école, un énorme détour.

Mais fillette a seize ans ! elle est grande, elle est belle ;
Ses yeux bleus à plus d'un ont tourné la cervelle.
Sa mère, certain jour, avec un ton moins doux :
« Prends garde, lui dit-elle, oh ! prends bien garde aux [loups !
— Mère, d'où vous vient donc cet excès de prudence ?
C'était bien autrefois, au temps de mon enfance,

Mais aujourd'hui...
— Crois-moi, plus encor qu'autrefois,
Ils aiment la chair fraîche et les morceaux de choix.
Pourtant ils ont subi quelque métamorphose;
Ce sont toujours des loups... mais c'est tout autre chose :
Ils n'ont plus que deux pieds, l'œil clair, le regard doux;
Bien loin d'être agresseurs, ils s'approchent de vous,
Timides, affectant de langoureuses poses ;
Plus de griffes aux doigts... des ongles fins et roses ;
Des perles dans leur bouche ont remplacé les crocs ;
Mais terribles encor sont leurs moindres accrocs.
C'est au printemps surtout qu'ils descendent en plaine ;
Nous en comptons ici, parfois, une douzaine.
Fuis-les plus que jadis, car, pour les écarter
Aujourd'hui, qu'aurais-tu, ma fille, à leur jeter? »

La mère eût bien mieux fait d'abriter sous son aile
Sa trop candide enfant, sa blanche tourterelle ;
De lui dire crûment et sans plus de façons :
« Veille sur toi, ma fille, et prends garde aux garçons! »
Aussi, ne comprenant rien à son verbiage,
Fillette, certain soir (c'était fête au village),

Court à la danse.

Hélas ! on était en avril,
Et ce mois délirant offre plus d'un péril :
La nature y devient aussi belle qu'un rêve ;
Dans les bourgeons gonflés monte, monte la séve ;
L'oiseau poursuit l'oiseau de mille petits cris,
L'attire, et, deux par deux, ils vont bâtir leurs nids.
C'est l'Amour !!! — Son nom seul, pour l'enfant vierge
[encore,
Bruit comme un essaim d'abeilles à l'aurore.
C'est un hymne divin, une douce chanson,
Qui, dans ses sens troublés, fait courir le frisson.
Ce mot, plus on le dit et plus on veut l'entendre ;
On l'aime, on le chérit avant de le comprendre.

. . . .

Or donc, il arriva qu'en répétant tout bas :
« Ce ne peut être un loup, les loups ne parlent pas ;
Ma mère me l'eût dit. » La jeune villageoise
Au bras d'un beau danseur par degrés s'apprivoise
Et le suit...

Le roman va-t-il s'arrêter là ?
Que nenni ! Dussiez-vous y mettre le holà,

Risquons le dénoûment :
Un peu loin du village,
On les vit tous les deux entrer sous les grands bois ;
Depuis lors, prétend-on, ils en sortirent... trois...
N'en demandez pas davantage.

COMMENT JE ME SUIS MARIÉ

NOUVELLE[1]

Non, mon cher, ce n'est pas une plaisanterie,
Dans un mois, au plus tard, eh bien ! je me marie
Et, si tu veux savoir quel est l'événement
Qui jette dans ma vie un pareil changement,
Écoute. Le sujet ne prêtant guère à rire,
Tu n'oseras sur lui décocher ta satire.

Jamais, au grand jamais, tu n'as, assurément,
Vu les tristes apprêts de ton enterrement ?

---

1. Pièce lue à la séance de la Société philotechnique, le 10 décembre 1876.

Moi, je vis tous les miens la semaine dernière.
N'ouvre pas tant les yeux! Oui, je fus mis en bière
Par des collatéraux, sans forme de procès,
Quand on eut, soi-disant, constaté mon décès.
Oh! je m'en souviendrai du quatorze septembre!
Dans mon lit en vieux chêne, au milieu de ma chambre,
Je m'éveille... ou je crois m'éveiller, le matin;
Car peut-il affirmer, peut-il être certain
Celui de qui le corps tout entier immobile
Tente, pour se mouvoir, un effort inutile?
En vain je veux crier... le son manque à ma voix,
Et pourtant je comprends... et j'entends... et je vois!
C'est la catalepsie... un mal épouvantable,
Image de la mort!

Près du lit, sur la table,
Indice que pour moi, tout, hélas! est fini,
Voici l'onde sacrée et le rameau bénit.
Ainsi, je ne suis plus! Tout me force d'y croire:
Les cierges allumés, le crucifix d'ivoire,
Jusqu'au prêtre en prière auprès de mon chevet,
Qui roule dans ses doigts les grains d'un chapelet.
Heure affreuse! où j'entends se heurter dans ma tête
De confuses clameurs et des bruits de tempête;

Où, dans un même instant, devant moi s'est dressé
Le spectre de mes jours : le présent, le passé ;
Où, lorsque tout me dit que je peux vivre encore,
Je ne dois plus compter sur la prochaine aurore!!!

Immobile, sans voix, sur ma couche étendu,
C'en est fait! Plus d'espoir! et je me sens perdu,
Lorsque la porte s'ouvre à grand bruit, et, dans l'ombre,
De deux hommes je vois la silhouette sombre.
L'un court à la fenêtre, en tire les rideaux;
La lumière, soudain, dans ma chambre entre à flots:
Ciel! ce sont mes cousins! le cigare à la bouche!
Et les voilà tous deux jetant un regard louche
Sur le prêtre; du poing sondant chaque fauteuil;
S'assurant qu'ils pourront au moins payer le deuil;
Puis, commettant souvent une horrible hérésie,
Qui donnent aux chefs-d'œuvre un prix de fantaisie.
Parfois, je les entends qui chuchotent tout bas:
« Nous jouons de malheur! Ne viendrait-*elle* pas!
Sans *elle*, cependant, nous ne pouvons rien faire. »
Et puis:
« Hein? votre avis? qu'en pensez-vous? Je flaire,
Pour nous, qui seuls portons le nom... un testament
Nous sommes héritiers indubitablement.

N'importe! Du défunt le gîte n'est pas riche.
Je le prévoyais bien : il ne fut jamais chiche
De gaspiller l'argent; sans compter que, parfois,
Il se laissait plumer par un joli minois.
Même n'a-t-on pas dit qu'une artiste célèbre.... »

Tout en faisant ainsi mon oraison funèbre,
Ils ont quitté ma chambre et vont dans l'atelier :
« Ou diable sommes-nous? On dirait d'un fripier
L'ignoble débarras. Sait-on de quelle époque
Datent ces vêtements, ce ramassis baroque?
(Sans doute, ils maniaient les divers oripeaux
Dont je m'étais servi pour mes derniers tableaux.)
Quel dégoûtant fouillis! Que de grotesques choses!
Ah! cette femme au bain!... Tiens! ce vase de roses!
C'est pitié! Tout respire ici le dénûment;
Il n'aura rien laissé pour son enterrement.
Faut-il qu'il soit à court! Certe, il n'était pas ladre,
Ses toiles, ses dessins, n'ont pas même de cadre! »

Leurs propos saugrenus s'éteignent par degré.
Il en est temps, ma foi... je me sens écœuré.

L'un ajoute pourtant:
« Le meilleur de l'affaire,
Ce sera le moulin et la pièce de terre.
Hors cela, je crains bien... »
Le reste m'échappa,
Car une main discrète à ma porte frappa
Comme chez un vivant.

*
* *

Aussitôt le saint prêtre
Court ouvrir, et je vois sur le seuil apparaître...
Non ce n'est pas, Seigneur, un de vos chérubins
Qui se penche vers moi, qui me presse les mains,
Et, me sentant glacé sous son ardente étreinte,
Par trois fois, en pleurant, jette sur moi l'eau sainte.
C'est une femme! hélas! la femme que j'aimais!
Mon cœur, avant mes yeux, a reconnu ses traits!
Ah! faut-il que cinq ans d'une lutte intestine
M'aient tenu séparé de ma jeune cousine!
Cette froideur qui naît de mesquins différends,
Qu'à leurs fils trop souvent transmettent les parents,
Sur nous deux, grâce au ciel, n'a pas eu prise encore:
Je sens plus qu'autrefois, je sens que je l'adore,

Et, certain d'un malheur à ses noirs vêtements,
Mais d'un malheur qui peut abréger mes tourments,
Dans mon cœur je m'écrie : « O Dieu ! laissez-moi vivre !
De mes jours pour jamais ne fermez pas le livre ! »
Le ciel entend ma voix, et, baume adoucissant,
La sublime espérance en mon âme descend...
A genoux près de moi son ange est en prière.

*
* *

Mes cousins sont rentrés. Vers mon vieux secrétaire
Un mutuel instinct les pousse tous les deux.
« Eh ! que ne l'ouvrons-nous ? se disent-ils des yeux.
— Devant *lui ?*
— Pourquoi pas ? Avec tous nos scrupule
Nous finissons, ma foi ! par être ridicules. »
Et les voilà fouillant, vidant chaque tiroir,
Crispés ou radieux par le doute ou l'espoir,
Lisant tous mes papiers et semblant s'en repaître :
Dans ma propre maison je ne suis plus le maître !
Que vois-je ?... Entre leurs mains cette idylle du cœur,
Parfum de mes vingt ans ?... Ils l'ouvrent sans pudeur

Et la froissent, disant :
— « Quoi ! pas la moindre clause
Qui nous fasse héritiers? »
Puis, après une pause:
— « Cousine, pourquoi donc rester auprès du mort?
Venez ; nous tirerons tous ses bijoux au sort. »
Mais *elle* s'est levée à ce honteux langage ;
Se contenant à peine, et, le rouge au visage:
—« Ah çà ! mes beaux cousins, pour qui me prenez-vous?
Quand *il* est encor là, partager ses bijoux ?...
Jamais ! Emportez-les et parez-en vos femmes ;
Je ne vous connais plus... vous êtes des infâmes ! »
Et sa main décrochant un ravissant pastel,
Elle le baise, ainsi qu'on embrasse, à l'autel,
Une relique sainte. Image douce et chère !
C'est mon plus beau trésor... le portrait de ma mère
Alors, les traits empreints de cette gravité
Qui répand sur la femme une étrange beauté :
— « Vous pouvez à loisir faire votre partage ;
Je ne demande rien : voilà mon héritage ! »

Confus ils sont sortis.
O malédiction ! ! !
Ainsi, la seule enfant digne d'affection

Que j'eusse pu, d'un mot, sauver de la misère,
Se débattra toujours sous son horrible serre !
Impardonnable oubli ! ! ! Mais suis-je criminel ?
Je me sentais si fort... donc j'étais éternel !

*
* *

Le jour tombe. — A travers l'indécise pénombre,
J'aperçois, dans un coin, un coffre long et sombre :
Mon cercueil ! et tout près, mes aimables cousins,
Le sourire à la lèvre et se frottant les mains.
Rien ne m'est épargné dans mon affreux supplice :
— « Cousine, éloignez-vous pour qu'on l'ensevelisse. »
Mais elle :
— « Quoi ! déjà ? Demain, il sera temps.
On raconte, parfois, de si grands accidents...
Regardez ! On dirait que sa pâleur s'efface ;
Que de la vie en lui reparaît quelque trace ?
— Pauvre enfant ! Attendons autant qu'il vous plaira,
Jamais le cher cousin ne ressuscitera. »

Nuit que je n'oublierai jamais ! Cette épouvante
Qu'inspire le cadavre, *elle*, avec ma servante,

L'a vaincue! Et que dis-je? à l'envi, tour à tour,
L'une et l'autre, en priant, m'a veillé jusqu'au jour.
Quellé frayeur, pourtant, lorsque sur ma prunelle
Leurs doigts ont abaissé ma paupière rebelle,
Et que jusqu'à trois fois se sont rouverts mes yeux
Se dilatant encor dans les derniers adieux!

. . . .

. . . .

Oh! que le temps est long, et que le soleil tarde!
Pour tromper les moments de la lugubre garde,
Ma servante s'est mise à raconter sur moi,
En les certifiant comme articles de foi,
Cent traits de ma jeunesse et mon adolescence,
Et j'entendais alors passer dans le silence
Un soupir... un sanglot à demi comprimé.
Que j'étais malheureux! Je me sentais aimé!!!
« Si j'avais seulement la plus modeste rente!
Dit, le sourcil froncé, tout à coup, ma servante,
Il ne s'en irait pas ainsi, le cher garçon,
Comme un pauvre!... et je sais bien de quelle façon...
— Comme un pauvre?

— Oui, parbleu! c'est en dernière classe
Qu'on va nous l'emporter. Croyez-vous qu'on l'enchâsse?
Ses cousins, ne trouvant ni legs ni testament,
Ont ordonné la chose... économiquement.

— Et moi, je le défends. Tout ce que j'abandonne,
Je l'exige à cette heure, et la loi me le donne.
Le temps presse.... Écoutez :
Je veux qu'un écusson
Porte en lettres d'argent le chiffre de son nom.
Ce que ferait pour lui sa mère encor vivante,
Je veux le faire ici, car je la représente.
C'est un devoir, je veux l'accomplir jusqu'au bout.
Plutôt que d'y faillir, eh bien! je vendrai tout. »

*
* *

Enfin le jour paraît. Les cloches ébranlées
Jettent jusques à moi leurs funèbres volées.
A chaque coup du glas lentement répété,
J'entre de plus en plus dans mon éternité.
Deux hommes du métier, malgré l'heure, en goguette,
Me font, en ricanant, ma dernière toilette.
L'un me prend par les pieds et l'autre sous les bras;
Me voilà dans ma bière, enveloppé de draps.
Tout est dit!!! Du couvercle on va visser la planche...
Quand sur moi tout à coup une femme se penche...

Je sens de longs ciseaux courir dans mes cheveux...
Une lèvre à mon front met un baiser pieux!...
Sous ce baiser de sœur, ô miracle! ô prodige!
Tel que l'arbre, au printemps, qui redresse sa tige,
Un changement étrange en moi s'est accompli:
Tout semble se détendre en mon corps assoupli;
Ma paupière s'abaisse et ma prunelle roule....
Ciel! je sens sur ma joue une larme qui coule!
Puis j'entends un grand cri!... C'est la sublime enfant:
« Accourez... accourez... il vit... il est vivant!!! »

. . . .

Mes cousins aussitôt m'ont fui comme la peste.

. . . .

Ami, de ce roman te dirai-je le reste?
Ton cœur a pressenti déjà son denoûment:
Je fais un bon contrat au lieu d'un testament.

POUR LE BON DIEU![1]

Au Clergé breton.

« Seigneur Jesus! dit la servante,
Que nous ramène le curé?
Trois enfants?... une mendiante?...
Seigneur Jésus, *Miserere!* »
Mais le Pasteur : « Allons, Thérèse,
Qu'on m'obéisse et qu'on se taise.
Il neige... ranimez le feu;
Videz le buffet et la huche,
De cidre remplissez la cruche :
Donnons, donnons... pour le bon Dieu! »

---

1. Pièce lue dans la séance publique de la Société philotechnique le 7 mai 1876.

« Qui sonne? Ah! c'est Jeanne-Marie!
Ton père vient-il d'expirer?
— Il est bien mal, je vous en prie!
Venez vite l'administrer.
— J'y cours »
Mais la vieille : « Impossible!
Dehors la bourrasque est terrible;
Attendez, attendez un peu. »
Et lui, du ton le plus tranquille :
« Ne lit-on pas dans l'Évangile :
« Oublions-nous.... pour le bon Dieu ?»

— La route est longue!
— Par la plage
On peut l'abréger de moitié.
— Songez-y, Monsieur... à votre âge!
— Épargnez-moi votre pitié!
Ton bras, bedeau, que je m'appuie;
Plaçons sous le grand parapluie
Le Saint Viatique, au milieu;
Hâtons-nous, car le flux approche;
En route! fais sonner ta cloche,
En route! c'est pour le bon Dieu!»

. . . .

Le vent, le froid, rien ne l'arrête,
Et déjà le son argentin
Qui passe à travers la tempête
S'éteint... et meurt dans le lointain.
Le curé, de son pied rapide,
Enjambe varech, sable humide;
Pour lui chaque obstacle est un jeu!
A son bedeau tout hors d'haleine
Il dit : « Eh! qu'importe la peine?
Nous travaillons... pour le bon Dieu! »

Soudain grondent comme un tonnerre
Ces mots: « La France est en danger! »
— Enfant, cours embrasser ta mère
Et va combattre l'étranger.
Moi je vous suivrai... sans épée!
Votre âme, au pardon retrempée,
De vaincre ou mourir fera vœu.
Que la bannière de l'Église
Soit notre drapeau! qu'on y lise :
« Pour la Patrie et le bon Dieu! »

La croix en main, le vaillant prêtre
Montre la route de l'honneur
A ces conscrits... qu'il a vus naître,
Et, grâce à lui, tous ont du cœur.
Il soigne... il absout .. il enterre...
Pour une sœur, pour un vieux père,
Se charge d'un suprême adieu.
Un blessé mord ses draps de rage,
Il s'en approche : « Ami, courage !
Il faut souffrir... pour le bon Dieu ! »

Puis, ô douleur ! dans la mêlée
Il s'élance, un jour, sans pâlir ;
Il a vu sa troupe accablée
Et ses pauvres Bretons faiblir :
— « En avant ! dit-il, Espérance !
Enfants, là-haut plus de souffrance ! »
Et son doigt montre le ciel bleu.
Soudain un éclat de mitraille
L'étend sur le champ de bataille...
Il jette un cri : « Pour le bon Dieu !!! »

A LA MAIRIE

A Monsieur de Villemessant.

Que vous a-t-il donc fait pour en dire du mal,
Ce joyeux *Figaro*? C'est un charmant journal ;
Chacun, avec bonheur, en fait sauter la bande,
Car souvent il annonce un joli dividende,
Une prime qui n'est pas certe à dédaigner;
De plus, pour vous séduire et pour vous empoigner
Il vous a de ces traits sans couleur politique,
Où sous chaque mot perce un rire sardonique.
Fait-il à votre bourse un généreux appel
Dans un malheur public? sa parole est de miel;
Il répand devant vous tout son cœur dans sa verve,
Et vous sert tout l'esprit qu'il a mis en réserve.
Détracteur du prochain! dit-on : plaisir permis!
Ce péché si mignon, qui ne l'a pas commis?

Moi-même, trop souvent, je lui tiens lieu de cible!
Mais je hausse l'épaule et dis : Enfant terrible!
Puis je tourne la page, et sur un mot, un rien,
Qui me vont droit à l'âme (il raconte si bien!),
Je l'absous de grand cœur au lieu de le maudire.
Quand je l'ai terminé, bien souvent je soupire;
Ma voix tremble et s'altère au moment de parler,
Et je sens à mes cils une larme perler,
Car ce vrai sacripant, ce prôneur de scandale,
Comme vous le nommez, prêche aussi la morale.
La preuve? écoutez-moi : parmi ses *faits divers*
Il suffira d'un trait. En passant par mes vers
Il perdra de son sel, mais, après tout, qu'importe!
Le bien, le beau, pour vous, ne sont pas lettre morte.

A LA MAIRIE

Un couple s'en allait gaîment,
Au douzième arrondissement,
S'unir devant monsieur le maire.
Quel jour?... il ne m'en souvient guère.
Le futur, pauvre comme un rat,
Avait tout donné, sans contrat,

A sa promise, en abondance :
Santé, travail... et l'espérance!
La future, de son côté,
Apportait sagesse et beauté.
Point de dot et point de douaire,
Par conséquent point de notaire!

Déjà, tels que de vieux époux,
Tous deux, bras dessus, bras dessous,
Marchent fiers, et des camarades
Les compliments, les accolades
Et de grands serrements de main
S'échelonnent sur le chemin.

L'époux a pour un beau costume
Quitté le tablier d'enclume,
Sur ses larges pieds bien planté,
Et le chapeau sur le côté,
Il vous roule un regard de flammes
Qui déjà perdit bien des femmes.
Oh! c'est un superbe gaillard,
Digne rival de Léotard!

Auprès de ce superbe athlète,
Gracieuse, vive, coquette,
Sautille une femme... une enfant !
A l'œil joyeux et triomphant.
D'elle on dirait un petit ange ;
La fleur d'oranger se mélange
Au muguet dans ses blonds cheveux.
Quel couple plus beau sous les cieux ?

. . . .

La noce arrive. Dans la salle
Chacun s'assied, chacun s'installe :
Futurs époux et grands parents,
Bien en regard, aux premiers rangs.
Ceint de l'écharpe solennelle,
Paraît le maire. Il interpelle
Les fiancés, puis les unit
Par ces mots : « N'ayez qu'un seul nid. »

Mais quel est donc ce gros registre
Aux lourds fermoirs, à l'air sinistre,
Que présente un grand monsieur sec ?
Pour les deux conjoints c'est du grec,
Du chinois, que ces écritures,
Ces parafes, ces signatures.

N'importe! il faut signer son nom,
Et voilà l'embarras! — Non, non,
Lui, ne saura jamais. La plume
Est peu compagne de l'enclume :
Et, l'œil hagard et tout tremblant,
De rouge il est devenu blanc;
La sueur perle à son visage,
Il s'approche enfin... sur la page
Fait une croix... et, tout honteux,
Se détourne en baissant les yeux.

Amour! oh! que d'élans sublimes
Dans les classes les plus infimes
Tu peux réveiller... quelquefois!
En voyant l'homme de son choix
Plier sous cette rude épreuve :
« Qu'il ait, dit l'épouse, une preuve
De ma tendresse! » Et hardiment,
Sa main trace rapidement
Une croix tout près de la sienne.
« Quoi! petite comédienne,
Dit la mère en apostrophant
Tout bas sa trop vaillante enfant,
Quoi! vous ne savez plus écrire? »

Mais *elle*, avec un bon sourire :
« Vouliez-vous donc que mon époux
Eût à rougir là, devant tous ?
S'il ne sait rien, est-ce sa faute ?
Quant à moi, j'ai l'âme trop haute
Pour paraître, dès aujourd'hui
Et jamais, au-dessus de lui.
Aussi j'ai caché ma science
Et j'ai su feindre l'ignorance.
Mais, voyez-vous, ce mari-là...
Avant trois mois... il écrira ! »

LA MORT D'ANDRÉ CHÉNIER[1]

A Monsieur Jules David, Secrétaire perpétuel de la Société philotechnique.

7 Thermidor an II.
25 Juillet 1794.

La grille s'est ouverte!... et la voix avinée
Du messager de mort a, dans le grand charnier
D'où sort à chaque instant une horrible fournée,
Jeté le nom d'ANDRÉ CHÉNIER!
Le poëte aussitôt a relevé la tête;
Dans sa main le crayon s'arrête;

1. Ode récompensée au concours ouvert par la *Revue des poëtes.*

Il s'avance et dit : « Me voilà ! »
Puis, soudain, un nuage obscurcit sa figure ;
Il se frappe le front... on l'entend qui murmure :
Pourtant, j'ai quelque chose là !

Oh ! *ce qu'il avait là*, c'était le long cortége
Des nymphes, des bergers, des déesses, des dieux,
De tout ce qu'il chantait, contre un tel sacrilége
Protestant par leurs cris nombreux.
C'étaient Myrto, Mnasyle et la blonde Néère,
L'ombre même du vieil Homère,
Qui tentaient un dernier effort,
Et disaient à Chénier : « Que ne prends-tu ta lyre ?
Peut-être verrais-tu tout ce peuple en délire
Brûler son instrument de mort. »

Mais sa lyre est brisée !... — Au fond de la charrette
S'entassent aussitôt vingt martyrs comme lui ;
De l'œil il en parcourt la quadruple banquette,
Sans rencontrer un œil ami.
Ah ! faut-il qu'au milieu de la noble hécatombe [1],
Seul, il s'avance vers la tombe !

---

1. Avec André Chénier furent exécutés MM. de Montalembert, Créqui, de Montmorency.

Faut-il que, durant le chemin,
Il ne puisse échanger un mot... une pensée...
Et que sa main qui va bientôt être glacée
Ne serre pas une autre main ! ! !

Le signal est donné !... Le char funèbre roule...
O ciel ! un cachot s'ouvre !... Étroitement lié,
Pareil au frêle esquif ballotté par la houle,
Quel est ce martyr oublié ?
C'est le chantre des *Mois !* c'est ROUCHER ! presque un frère !
Pour eux, désormais, tout s'éclaire,
La mort a presque des attraits ;
Debout au premier rang, appuyés l'un sur l'autre,
Dans leurs yeux, sur leur front, comme au front d'un apôtre,
Passent de célestes reflets.

Et les voilà tous deux, parlant de poésie,
De Racine échangeant les vers harmonieux.
Or savez-vous la scène, entre toutes choisie,
Qui sert de baume à leurs adieux ?
C'est celle où l'amitié de Pylade et d'Oreste
En élans chaleureux s'atteste...
Mais la foule ne comprend pas
Et redouble ses cris, redouble son attaque,

Tandis qu'eux, répétant les beaux vers d'*Andromaque*,
Calmes, fiers, marchent au trépas [1].

O peuple! bats des mains! Ce que ta haine immole
En ce jour, ce n'est plus la grâce, la beauté,
Ni tous les détracteurs de la fragile idole
Que tu nommes la Liberté!...
Non, ce n'est pas assez, pour assouvir ta rage,
Que la noblesse et le courage;
O peuple! il te faut plus encor!...
Cours!... tu verras comment, égaré sur la terre,
L'aigle qui s'est souillé dans son vol éphémère
Vers les cieux reprend son essor!!!

. . . .

. . . .

Le crime est consommé!!! — Des vallons de la Grèce
S'élève, à pareil jour, un long cri déchirant;
On dit même qu'un cygne, aux rives du Permesse,
Fait entendre son dernier chant :

---

1. A peine sur la fatale charrette, André Chénier et Roucher se mirent à réciter la première scène d'*Andromaque :*

« Oui, puisque je retrouve un ami si fidèle, etc. »

C'est le suprême adieu du Poëme rustique,
L'adieu de l'Idylle érotique!
Et de la belle Antiquité!
O Chénier! qui l'eût dit, qu'entre une double escorte
De muses, de bourreaux, tu franchirais la porte
Du temple d'Immortalité!

ON NE PASSE PAS!.... DÉJA PASSE!

(TABLEAUX DE RUDEAUX)

Au peintre Rudeaux.

D'un ruisseau gazouillant sur un lit de cailloux
Des paysans ont joint les rives par deux planches,
Et ce pont primitif n'a pour seul garde-fous
Que de jeunes bouleaux dépouillés de leurs branches.

Une fraîche roulade a passé sur les bois!...
Serait-ce le bouvreuil? n'est-ce pas la fauvette?...
C'est une villageoise au gracieux minois,
Le teint un peu hâlé sous sa blanche cornette

La brise du matin fait flotter son jupon,
Son beau jupon tout neuf, son jupon du dimanche ;
Et, toujours en chantant, jusqu'au milieu du pont
Elle arrive, légère, et le poing sur la hanche.

Grand Dieu ! qu'a-t-elle vu ? Pourquoi ce cri de peur?...
La poltronne! Ce n'est qu'une fine moustache,
Fusil en bandoulière, un élégant chasseur
Dont l'œil doux mais profond sur ses deux yeux s'attache.

« Halte! la belle enfant, halte! *on ne passe pas!*
Dit-il, avant d'avoir acquitté le péage. »
Et, sur la double rampe étendant chaque bras,
Il demande un baiser comme prix du passage.

« Fi! monsieur le chasseur... à moi! pareil affront? »
Répond, en reculant, la belle courroucée ;
Et puis, en tapinois, sur le jeune homme blond
Elle jette un coup d'œil, et... reste embarrassée.

. . . .
. . . .

Le pont étroit par eux est enfin traversé.
Notre chasseur s'éloigne, et l'enfant interdite
Se retourne et soupire : « Eh quoi ! *déjà passé!...* »
C'en est fait de ton cœur, ô ma pauvre petite!

Car si tu n'as mordu, tu mordras quelque jour,
Malgré vent et marée, à la fatale pomme.
L'Amour, en fin matois, prend souvent un détour...
Le proverbe est de lui : *Tout chemin mène à Rome.*

UNE CONQUÊTE

SONNET

« *Demain, au bal masqué, sous l'horloge.*

« CORA. »

Elle a surpris ce mot, l'épouse trop candide,
Et soudain dans son cœur il s'est fait un grand vide ;
Mais son bonheur se joue, elle le défendra.

Sous un domino rose elle entre à l'Opéra.
A sa coquetterie elle a lâché la bride :
Au bras de son mari, c'est Phryné, c'est Armide...
Il est aux cieux !... Chez elle, il la reconduira !

Un coupé les emporte. Écoutez ce murmure !
Passant dans un baiser, ce grand mot : Je le jure !
On arrive, il descend : « Dieu du ciel ! ma maison ! »

Mais elle : « Remplissons jusqu'au bout le programme.
Pourquoi courir après des farces de garçon ?
Vous voyez bien qu'on peut encore aimer sa femme. »

UNE CONQUÊTE

ÉTUDE PARISIENNE[1]

Demain soir, sous l'horloge, au bal de l'Opéra,
J'y serai vers une heure.
A vous de cœur,
« CORA. »

Tel est le billet doux qu'une rigide épouse,
De l'honneur du foyer trop justement jalouse,
Sur un meuble oublié, surprend un beau matin.
« Oh! c'est trop fort, dit-elle, un amour clandestin
Qui vient là s'implanter à côté du ménage?
Ces maris! on devrait tous les tenir en cage,
Une fois quarante ans; ou, ce qui vaudrait mieux,
Comme à certains oiseaux, leur crever les deux yeux.

---

1. Développement du sonnet précédent.

6

Cora ?.. j'y réfléchis... Cora ?... Mais qui donc est-ce ?
Eh ! j'y suis, par ma foi !... C'est l'affreuse drôlesse
Qui du riche étranger de passage à Paris
Ne fait qu'une bouchée, et puis .. sur nos maris...
Eh bien, luttons avec une femme pareille !
Je puis encor charmer, je ne suis pas si vieille ! »

***

C'est l'heure du dîner. — D'un masque de sang-froid
Le mari s'est couvert : oh ! c'est un homme adroit !
Arrive le dessert... son œil suit la pendule !
Le café ? D'un ton sec, il parle, il gesticule ;
A ce maudit repas finit par s'arracher,
Et s'enferme aussitôt dans sa chambre à coucher.

Minuit sonne... il descend. Le voilà dans la rue
Et sur les boulevards. Souvent on le salue
(C'est un compositeur, je ne vous l'ai point dit).
Sa lèvre mince, alors, se crispe de dépit.
Que le ciel est brillant et que la nuit est belle !
Il s'en va fredonnant sa ballade nouvelle,

Et gravit en deux bonds le superbe escalier
Qui conduit aux couloirs, aux loges, au foyer.
Ira-t-il se poster au-dessous de l'horloge?
Non, car maint soupirant du regard l'interroge.
Il s'assied à l'écart.
Une heure sonne enfin!
Tout à coup, vers la sienne, une petite main
S'est tendue, adorable et finement gantée;
Sous un domino rose une taille abritée
Se penche:
« Ah! c'est heureux! vous voilà seul au bal!
Vous avez esquivé le grappin conjugal!
C'est qu'on la dit jalouse à mourir, votre femme!
— Oui, mais il faudra bien qu'elle change de gamme,
Je suis las de toujours chanter à l'unisson
Etd'ânonner ensemble une même chanson.
Pour jeter du piquant dans une symphonie,
Il faut, de temps en temps, en brusquer l'harmonie.
— Ah! » fait le domino, battant fiévreusement
Sur l'habit du monsieur un brillant roulement.
« Ce n'est point, croyez bien, que ma chaîne soit lourde!
A mes moindres désirs ma femme n'est point sourde;
Mais...
— Oh! je vous comprends! toujours le pot-au-feu.
Pour un cerveau bouillant, avouez, c'est trop peu.

Coûte que coûte, il faut sortir du terre à terre,
De l'idéal enfin reconquérir la sphère.
Qu'eût été Raphaël sans la Fornarina ?
Vous, mon cher maestro, dans les yeux de Cora
Puisez un feu nouveau, retrouvez-y la verve
Qui depuis trop longtemps, ainsi qu'une conserve
Tristement reléguée au fin fond d'un bocal,
Semble craindre le jour. Du grand art musical
Je me proclame ici, tout d'abord, la prêtresse ;
Grâce à moi, vous aurez des regains de jeunesse,
Et votre concerto, votre grand opéra,
Je le veux, dans six mois au plus, on les jouera. »
Chuchotant de la sorte, ils fendent la cohue.
Un domino les suit, sans les perdre de vue,
Sonde un peu le terrain, puis, en prudent soldat,
Tourne sur les talons sans risquer le combat.

*
* *

Les voyez-vous blottis dans le fond d'une loge,
Mollement enlacés ? Tout bas on s'interroge.
Lui s'épanche, et pour elle il n'a plus de secrets :
De son fils, de sa fille, il lui fait les portraits.

Mais elle, à certains mots, avec des airs de reine :
« Prenez garde! l'amour un peu loin vous entraîne.
Que parlez-vous, pour moi, de quitter vos enfants ?
Non, c'est une infamie, et je vous le défends.
Qu'un jour on puisse au moins graver sur votre pierre :
« S'il ne fut bon époux, il fut excellent père. »
— Par ma foi ! vous prêchez mieux qu'un prédicateur.
Allons ! faisons la paix, mon charmant orateur ;
On vous obéira... même on sera bien sage ;
Le soir, on reprendra le chemin du ménage,
Puisque le temps n'est plus de nous émanciper,
Dites-vous. Maintenant, si nous allions souper ?
— Volontiers. Vous savez ? c'est moi qui vous enlève.
—Vous m'enlevez ?
— Oui-da. Ce fut toujours mon rêve ;
Et nous soupons... chez moi. Nous sommes... tous les deux ;
Nous pourrons à loisir nous faire les gros yeux.
Entre les restaurants et moi, complet divorce ;
Ce sont des fruits gâtés sous leur brillante écorce.
Combien je leur préfère un faisan, des perdreaux
Arrosés de champagne ou de château-margaux,
Mon potage à la bisque et mes huîtres d'Ostende,
Dont, je le dis tout bas, je suis plus que friande !
Eh bien ! je vous attends. Offrez-moi donc le bras ;
Depuis une heure, au moins, mon cocher gèle en bas. »

*
* *

Serrés l'un contre l'autre au fond de la voiture,
Ils roulent...
Mais brusquons la fin de l'aventure,
Sans détourner les yeux des stores abaissés,
D'où sortent longs soupirs et mots embarrassés,
Une ardente prière, un semblant de défense,
Ces riens qui d'amoureux trahissent la présence.
On arrive... on descend :
« Juste Ciel! ma maison ?
— Mon cher, que cette nuit vous serve de leçon.
Pourquoi dans d'autres yeux aller puiser la flamme ?
Vous voyez bien qu'on peut encore aimer sa femme. »

UNE ENVIE

A Monsieur et Madame Roger Ballu.

Dans leur lune de miel, ils ont vu la montagne,
Chamonix, l'Oberland, traversé le Simplon.
Et le jeune mari, sa charmante compagne,
Voguent sur un beau lac... dont vous saurez le nom.

Les yeux perdus au ciel, ils suivent un nuage ;
L'un sur l'autre appuyés, ils se serrent la main,
D'un amour dans sa fleur, adorable langage,
D'un amour qui toujours promet un lendemain.

Mais, contraste bizarre, à la scène idéale !
Non loin d'eux, tout au pied du grand mât vient s'asseoir
Un mousse qu'ils ont vu sortir de fond de cale,
Tenant entre ses doigts un grossier radis noir.

De sel il le saupoudre, en quartiers le partage,
Et donne à son travail un soin minutieux :
Oh ! c'est un vrai gourmet, il en offre l'image,
Car avant d'y goûter il le couve des yeux.

C'est que, sur ma parole, il a fort bonne mine,
Ce fameux radis noir ! et loin de faire horreur,
Arrangé de la sorte, il pourrait, j'imagine,
Aiguiser l'appétit d'un roi... d'un empereur.

Aussi la belle enfant, d'un œil de convoitise,
Du frugal déjeuner suit les constants progrès ;
Puis, oubliant le lac, le nuage, la brise :
« Que j'en voudrais ! dit-elle, ô Dieu, que j'en voudrais ! »

Son époux stupéfait, à ces mots, la regarde ;
Que lit-il dans ses yeux ?... je ne le dirai pas.
« De vous contrarier, ma chère, Dieu me garde !
Diable ! soyons prudent, » achève-t-il tous bas.

« Eh ! eh ! l'ami, veux-tu, pour cette pièce blanche,
Me céder ton repas ? » a-t-il dit au marin.
Marché conclu, radis, argent, changent de main :
Il était temps ! à peine il en reste une tranche.

Une tranche où, joyeuse, elle enfonce la dent!
Puis, d'un commun accord on regagne la France...
Six mois après, naissait une superbe enfant
Que, du nom du beau lac, on appelait *Constance!*

CŒUR BRISÉ!

A Monsieur E. Brégaint.

Sous les grands bois je l'ai suivie!!!

C'était un jour de mai. La nature, au réveil,
De mille bruits charmants saluait le soleil.
Elle, un livre à la main, une fleur au corsage,
Sous un chapeau rustique abritant son visage,
Jetait à tous les vents sa joyeuse chanson...
Et *moi*, furtivement, de buisson en buisson,
Sous les grands bois je l'ai suivie.

Dans les halliers je l'ai suivie!!!

Ecoutez, écoutez, au loin les sons du cor!
C'est la chasse! Limiers, piqueurs chamarrées d'or,

Sautent murs et fossés. — Sur un cheval de race,
Par la course animée, elle est en tête et passe,
Mais en me saluant d'un sourire moqueur...
Et, sentant qu'avec elle est parti tout mon cœur,
Dans les halliers je l'ai suivie.

Au sein des flots je l'ai suivie!!!

Que de fois je la vis à l'Océan houleux,
Intrépide, livrer son beau corps onduleux!
La mer, dont elle semble alors la souveraine,
Tantôt l'emporte au large et tantôt la ramène.
Et moi, qui n'ose croire à de coquets ébats,
Je m'élance... je veux l'arracher au trépas...
Au sein des flots je l'ai suivie.

Par monts, par vaux, je l'ai suivie!!!

Partout où, jeune aiglon, elle essayait son vol,
Aux beaux lacs azurés, aux gorges du Tyrol.
Sur les rochers croûlants, sur les glaciers de Suisse,
J'appelais un danger, crevasse ou précipice!
Ah! si jamais mon bras eût pu la protéger,
Je n'aurais plus été pour elle un étranger...
Par monts, par vaux, je l'ai suivie.

Mon Dieu! mon Dieu! prenez ma vie!!!

Il est et pour jamais brisé, mon pauvre cœur!
Que voulait-elle?... Un titre, et plus d'or que d'honneur...
L'hymen est accompli; devant moi s'est fermée
La porte du bonheur! — Dans la chambre embaumée
Où glisse mollement l'étoile de l'amour,
Tandis que, fou, je pleure et je ris tour à tour,
Hélas! *un autre* l'a suivie!!!

LES CHAUMES

TABLEAU DE SÉGÉ

Au peintre Ségé.

A l'extrême horizon, une imposante église
Aux deux clochers hardis, dans une vapeur grise
Vaguement se profile; et, sur le second plan,
A travers des pommiers au feuillage opulent,
Qui s'arrondit et forme une sorte de dôme,
On voit quelques maisons aux grossiers toits de chaume;
Enfin, au premier plan, de soleil inondé,
Un berger surveillant ses moutons, accoudé
Sur le sceptre des champs, la grossière houlette,
Suit d'un regard distrait la joyeuse alouette
Qui s'élève par bonds aux voûtes de l'azur
Et remplit les guérets de son chant frais et pur,

Tandis que son vieux chien, la robe hérissée,
Rabat sur le troupeau la brebis dispersée.

Rien de plus ! Mais la scène offre tant de grandeur
Que l'œil sonde, ébloui, longtemps sa profondeur.
Si *le style c'est l'homme,* encor plus en peinture
Montre-t-il ce qu'il vaut, son intime nature.
Aussi je tends la main à qui peint franchement ;
Pour les « chercheurs d'effets » je n'ai nul engoûment.
Les Chaumes, dira-t-on, c'est l'œuvre d'un génie !
Pour moi, c'est mieux encor : c'est l'homme dont la vie,
Interprète du cœur, se divise en deux parts :
L'une pour sa famille et l'autre pour les arts,
Et, fort de son talent, qui, souriant et calme,
Attend que ses rivaux lui décernent la palme.

LE GUIDE

A la mémoire de Michel Croz,

Mort au Cervin le 14 juillet 1865.

DÉDIÉ AU CLUB ALPIN FRANÇAIS

Regardez bien cet homme à la paisible allure,
Le chapeau rabattu sur sa mâle figure,
Des cordes sur l'épaule et la hache au côté,
L'été comme l'hiver toujours vêtu de laine,
Et qui sur les ruisseaux, les arbres et la plaine
Jette un long regard attristé ;

Puis, détachant ses yeux de notre globe infime,
Qui lance un fier défi vers la plus haute cime
Dans un cri guttural emporté par le vent:
Aigle précipité de la voûte éternelle,
Qui veut y remonter... car l'infini l'appelle,
L'infini... son seul élément!

C'est un guide!... un marin!— N'a-t-il pas ses audaces,
Son calme, sa vigueur, quand, à travers les glaces,
Il affronte, tout seul, les dangers et la mort,
Sans songer qu'à la fois matelot, capitaine,
Il se perdra peut-être en sa course lointaine
Et ne reverra plus le port?

Oui, pareil au marin, le voilà sur la trace
De passages nouveaux. Il nargue la crevasse,
Près du gouffre béant pose son pied d'acier,
Sur des flots congelés bondit, et de leur cime
Redescend tout à pic jusqu'au fond de l'abîme:
Sa mer, à lui, c'est le glacier!

Mer terrible qui s'ouvre et trop souvent le broie,
Et qui sur aucun bord ne rejette sa proie.
Les femmes, les enfants de ceux qui sont partis
Espèrent, quelques jours, un retour illusoire...
Puis il ne reste, hélas ! bientôt que la mémoire
De ces malheureux engloutis.

C'est un guide !... un soldat ! — Dans l'abrupte muraille
Il creuse avec sa hache une profonde entaille,
Mais au sommet du pic guette son ennemi.
Écoutez, écoutez : on dirait la mitraille
Que vomit le canon dans un jour de bataille.
Se trouble-t-il ? a-t-il frémi ?

Il monte indifférent à l'horrible tempête,
Aux pierres effleurant sa poitrine et sa tête :
Que lui fait l'avalanche ? Il serre entre ses dents
Le drapeau du pays ! quand il atteint la cime,
Le plante, et sur le monde, ô spectacle sublime !
Déroule ses plis triomphants.

Ah! si, comme autrefois, de son expérience
Le guide secondait aujourd'hui la science!
Mais non : c'est pour flatter le ridicule orgueil
De grimpeurs imprudents qu'il expose sa vie ;
Et Dieu lui fait souvent expier sa folie
En le brisant contre un écueil.

O toi dont la vigueur et dont le pied solide
N'avaient point de rivaux, dis-nous, guide intrépide,
Quel vertige te prit lorsque du Grand-Cervin
Tu fis serment un jour d'escalader la crête?
Ne le savais-tu pas? Déjà, cette conquête,
Beaucoup l'avaient tentée... en vain!

Que n'as-tu, toi tout seul, poursuivi cette gloire!
Tout seul, à son sommet, affirmé ta victoire
En y faisant flotter le pavillon français!
Tu serais revenu de cette cime altière,
Trop haute pour que l'aigle ose y bâtir son aire,
Fier, enivré de ton succès.

Tu serais revenu! — Chamonix tout en fête
Eût acclamé son fils! Confus, baissant la tête,
Les guides à l'envi t'eussent serré la main.
Mais il était écrit: « Le sommet, vierge encore,
Réclamera sa dette au pied qui le déflore. »
Sa dette, c'est du sang humain[1]!

Tu descendais. Ton bras, sur les roches humides,
D'un touriste hésitant guidait les pas timides;
Tout à coup son pied glisse et va t'atteindre au flanc;
Tu chancelles... horreur! ton *piolet*[2] t'échappe,
Quatre corps enlacés tourbillonnent en grappe
Jusqu'au fond d'un gouffre béant.

---

1. MM. Hudson, Hadow, Whymper et lord Douglas, sous la conduite de Michel Croz, de Chamonix, et des deux Taughwalder, atteignirent, les premiers, le sommet du Cervin (14 juillet 1865). Dans la descente, Hadow glissa, renversa Croz qui ouvrait la marche, entraînant de plus lord Douglas et Hudson au fond d'un abîme de 5,000 pieds. La corde qui liait ensemble la caravane s'étant rompue, Whymper et les deux autres guides furent sauvés.

2 *Piolet*. Hache et pioche tout ensemble : instrument indispensable dans les ascensions sérieuses. (*Note de l'auteur.*)

Un voyageur, un seul, échappé par miracle
(La corde s'est rompue), assiste à ce spectacle,
Collé contre le roc et la sueur au front;
Et, sans souffle, sans voix, et la face livide,
Il voit ses compagnons, rejetés dans le vide,
Se briser dans un dernier bond.

. . . .

. . . .

C'est au pied du Cervin, sous la plus humble pierre,
Recouverte en tous temps d'immortelle et de lierre,
Que Croz est enterré. — Là, devant son bourreau,
Gît le guide martyr! — O grimpeurs d'aventure!
Penchez-vous, écoutez ces mots, terrible augure,
Monter vers vous de son tombeau:

« Qu'un orgueil insensé jamais ne vous entraîne:
Le Ciel mit une borne à la puissance humaine ;
Regardez le Cervin! C'est l'avertissement.

La pierre, l'épitaphe et la pâle couronne
Qu'on oubliera demain... tout ce qui m'environne,
C'est là, c'est là le châtiment[1] ! »

---

1. La route du Cervin a été trouvée depuis lors, et on l'a escaladé souvent sans accident (*Note de l'auteur.*)

MON VIS-A-VIS

(TABLEAU)

A Monsieur de Mongis.

Il est une maison vis-à-vis de la mienne
Où je jette parfois un curieux regard :
J'y vois, échelonnés par l'effet du hasard,
Les quatre âges divers de l'existence humainc :

C'est, au premier étage, un vieillard qui se traîne,
Perclus, à demi mort, le front bas, l'œil hagard.
Une *Belle*, au second, sous des couches de fard
Et des cheveux d'emprunt combat la quarantaine.

Couvrons d'un voile épais l'extase, le bonheur
De ces époux d'hier, à ce troisième étage...
Ils ne sont de l'amour qu'à la première page!

Et plus haut, sourions au printemps dans sa fleur :
A ces blonds chérubins cachés par un treillage,
Et qui chantent pareils à des oiseaux en cage!

UN TRAIT D'UNION

A Monsieur Alphonse Sage.

Deux époux, depuis hier, se regardent à peine.
Demain, cette froideur va se changer en haine.
Pour eux, plus de passé ! Sous un ciel assombri,
Sous l'âpre vent du nord, leur amour s'est flétri.
Un enfant, seul anneau de la fragile chaîne
Qui les unit encor, triste, anxieux, se traîne
De son père à sa mère, et, toujours rebuté,
Dans ses fougueux élans d'un coup d'œil arrêté,
S'éloigne en essuyant une larme furtive :
Tout est fini !!! Tout va dès lors à la dérive !

Mais, grâce à Dieu, parfois un à-propos, un rien,
De deux cœurs désunis resserre le lien.
Pendant qu'autour de lui tout annonce l'orage,
D'un beau livre l'enfant feuillette chaque page,
Et ce sont des transports! des exclamations!
Il veut, sur les dessins, des explications!
Et de son père alors pas à pas se rapproche,
L'interroge... Mais lui s'est fait un cœur de roche,
Et reste coi.
L'enfant, de plus en plus surpris,
Vers sa mère a tourné des regards attendris...
Même froideur, hélas! Quand, soudain, une image
Réveille sa gaîté, son bruyant caquetage :
C'est, dans des prés en fleurs, une troupe d'enfants,
Les cheveux sur le dos, tout rouges, haletants,
Par leur mère entraînés à cette ardente ronde
Que tous nous connaissons, vieille comme le monde :
Nous n'irons plus au bois, les lauriers sont coupés.
Ses yeux, par ce tableau, restent longtemps frappés,
Puis, tout à coup, voilà sa petite cervelle
Qui travaille. Il se lève... à voix basse il appelle
Sa mère :
« Oh! faites-moi comme eux rire et danser! »
Dit-il.
A ce bambin que peut-on refuser?

Elle obéit. Bientôt c'est un nouveau caprice :
« Il faut, reprend l'enfant, que le rond s'élargisse. »
Il quitte alors la danse, et vers son père accourt,
Le tire par l'habit... En vain fait-il le sourd,
Son fils, pour imposer sa douce tyranie,
Vide tout le carquois de son malin génie.
Le père cède enfin ! ! ! Ciel ! ils ne sont que trois !
Que faire ?... Des époux il faudra que les doigts
S'enlacent comme aux jours qu'ils se disaient : « Je t'aime ! »
Quel moyen de résoudre autrement le problème ?
Et c'est d'un fils que part ce trait envenimé
Qui trouvera leur cœur impuissant, désarmé.
Hésitants, tout confus, ils s'approchent... rougissent...
Regardent leur enfant... et puis... leurs mains s'unissent.

Ne vous l'ai-je pas dit ? un à-propos, un rien,
De deux cœurs désunis resserre le lien.

UN GENDRE AU FLEURET

A Monsieur Fery d'Esclands.

> L'escrime vous apprend à juger les hommes. Il n'y a pas de dissimulation possible le fleuret à la main.
>
> LEGOUVÉ.

SCÈNE UNIQUE

DELORMEL.

Je viens, mon cher ami, te proposer... un gendre.

DE VAUBERT, *surpris.*

Un mari pour ma fille!!!

DE LORMEL.

Eh! pourquoi t'en défendre?

L'aurais-tu, par hasard, vouée au célibat?

DE VAUBERT.

Non... mais...

DE LORMEL.

Elle a seize ans, c'est l'âge où le cœur bat;
Si tu ne veux en faire une religieuse,
Qu'elle soit, grâce à moi, parfaitement heureuse :
J'ai sous la main ..

DE VAUBERT.

Quoi donc?

DE LORMEL.

Un époux idéal,
Qui peut se présenter à mon premier signal;
Un époux...

DE VAUBERT.

Devant qui l'on demeure en extase!
Oh! nous la connaissons cette éternelle phrase.

DE LORMEL.

Moqueur! Tu le verras. A mon sens, il n'est rien
D'aussi parfait : d'abord, un superbe maintien;
Œil noir et blanches dents; puis, il chante à merveille.

DE VAUBERT, *d'un ton moqueur.*

C'est un nouveau Duprez?

DE LORMEL.

Son nez fin, son oreille...

DE VAUBERT.

O Ciel! il n'en a qu'une?

DE LORMEL, *impatienté.*

Eh! non, il en a deux...
Tu m'interromps sans cesse.

DE VAUBERT.

Allons, allons, tant mieux!
Nous les lui couperons.

DE LORMEL,

Tu plaisantes?

DE VAUBERT.

Non certes!
Car en escrime on fait de telles découvertes
Que, par elle, un parti dont vous vous montrez fou
Se change trop souvent en un vrai casse-cou.

DE LORMEL.

Je comprends. Pour connaître à fond ton futur gendre:
« En garde! lui dis-tu, je m'en vais vous pourfendre.»

DE VAUBERT

Où pourrait-on trouver meilleur renseignement?
Le fleuret à la main, plus de déguisement!
Et ton bel oiseau bleu, paré de tous les charmes...
A propos, mon ami, sait-[illegible] faire des armes?

DE LORMEL.

Oui, pourquoi?

DE VAUBERT.

C'est qu'après dix minutes d'assaut,
Je saurai ce qu'il est : garçon d'esprit ou sot,
Et si je dois lui dire : — « Entrez dans ma famille; »
Ou : « Désolé, Monsieur, vous n'aurez pas ma fille. »

DE LORMEL.

Quoi! si vite?

DE VAUBERT.

Oui. L'escrime est un si bon miroir!
Dans ses moindres replis notre âme s'y fait voir.
Je dirai plus! avec une longue habitude,
On devine son homme à sa seule attitude;
S'il est franc et loyal, ou de mauvaise foi;
Si « réussir quand même » est sa suprême loi;
S'il est calme, emporté, d'humeur aventureuse;
Bref, s'il peut, mon ami, rendre une femme heureuse.
Je laisse de côté tous ces beaux freluquets
Chassant au mariage à force de bouquets,
Et qui (le Ciel souvent couronne leur audace!)
Pénètrent en un mois jusqu'au cœur de la place;
Ces grotesques gandins à la tournure, aux traits
Sortis d'un moule unique, et dont un grand laquais

Jette en les annoncant le nom. . un nom de terre!
(Il est si démodé, le vieux nom de leur père!)
Ils entrent dans un bal leur claque sous le bras,
En sautillant sous eux et calculant leurs pas,
Le cou pris dans leur col comme dans une fraise,
Bouclés, sanglés, guindés; il n'est point de fadaise
Qu'ils n'adressent au maître, aux filles de céans,
Sans prononcer les *r*, en roulant des yeux blancs,
Et jusques à leur raie au milieu de la tête,
Tout en fait des pantins à l'air grotesque ou bête.
Non, de ces beaux messieurs, qui n'ont pas en appoint
La moindre qualité, je ne parlerai point;
Mais il en est, mon cher, en innombrable bande,
Qui, se couvrant le front d'un masque de commande,
Ne se montrent à nu comme la Vérité
Que l'épée à la main. — Le premier coup porté,
On ne ressent pour eux qu'une pitié profonde,
Car, insensiblement, le vernis du grand monde
Coule dans leur sueur. — Mettre leur seul honneur
A n'être point touchés, tels qu'un mauvais joueur
Contester tous les coups, voilà leur caractère:
Il est bien fait, je crois, pour alarmer un père.
Donnerai-je ma fille à ce beau soupirant
Attaquant au hasard et sans règle parant,
Qui devant le danger se jette à la légère?

J'aimerais mieux la voir à mille pieds sous terre.
Et ce flatteur criant : « Touché ! » quand, du bouton,
Mon épée à grand peine effleure son plastron,
Crois-tu, mon cher ami, qu'il soit pétri d'adresse,
Toi qui sais à quel point j'abhorre la bassesse ?

DE LORMEL.

Mais les renseignements ?... les informations ?...

DE VAUBERT.

Confirment jusqu'alors mes suppositions.
Ce superbe gaillard à l'allure bravache ?
Qu'on tire un coup de feu dans la rue.... il se cache.
Et ce croquemitaine ? .. A l'heure du danger,
Il réfléchit, se tâte... .et file à l'étranger.
Tel autre, dont le bras pouvait servir la France,
S'est fait, pendant le siége, admettre .. à l'ambulance.

DE LORMEL.

D'où je conclus, ami, pour finir le débat,
Que ta fille est, dès lors, vouée au célibat.

DE VAUBERT, *avec mystère.*

Pas encor ! Tiens ! écoute une grave ouverture :
Voilà de ça trois mois, je fis, par aventure,
Un assaut à l'écart (j'aime à n'être point vu)
Avec un amateur qui m'était inconnu ;

Mais, tout à coup, au lieu d'un jeune homme timide,
C'est un parfait tireur, à la poigne solide,
Que j'ai là devant moi; ripostant franchement,
Sitôt le coup paré; m'attaquant prudemment.
De plus (à son insu, mon fidèle interprète)
Abhorrant et la ruse et la botte secrète;
Modeste en son triomphe, et, quand je suis vainqueur,
M'adressant, comme éloge, un mot venant du cœur.
Grâce à lui, j'ai repris mes fleurets avec rage.
On me dit bien parfois: « C'est folie! à votre âge? »
Qu'importe, si j'y trouve un tel enivrement
Que toujours de l'assaut je hâte le moment!

(*S'animant.*)

Tiens! ce garçon m'inspire une estime si grande
Que, si de mon enfant il faisait la demande,
Je la lui donnerais, je crois, les yeux fermés.

DE LORMEL.

Calme-toi, calme-toi... ces regards animés...

DE VAUBERT.

Non, parbleu! je le jure et n'ai qu'une parole,
Ce Dumont...

DE LORMEL.

Quel Dumont?

(*A part.*)

Ah! ce serait trop drôle!

DE VAUBERT.

Dumont .. un avocat!

DE LORMEL.

Mais c'est juste celui
Pour qui je viens, mon cher, te parler aujourd'hui.

DE VAUBERT.

Que ne le disais-tu! Ma foi, sans plus attendre,
Si ma fille l'agrée, eh bien! qu'il soit mon gendre!

L'ENFANT AUX DEUX MÈRES

A Madame G. de M.

Il n'avait pas quatre ans lorsqu'il perdit sa mère !
La douleur, chez l'enfant, est toujours éphémère,
Il ne sent pas longtemps l'étreinte de sa main ;
Aussi de son visage aucun trait ne s'altère,
Et le moindre jouet à ses larmes met fin.

Mais, lui, le gai sourire a fui loin de sa lèvre :
Que lui font ses oiseaux, et son chien, et sa chèvre
Qui l'appelle souvent d'un bêlement joyeux ?
Voyez : il s'est posté, tout miné par la fièvre,
Devant un grand portrait qu'il dévore des yeux.

Au front de cet enfant sur qui son nom repose
Le père cherche en vain les teintes de la rose:
Tout dans ce petit corps semble s'étioler.
Il n'est qu'un seul remède... il le sait... mais il n'ose...
Son deuil est si récent! pourrait-il l'immoler?

Chaque jour, de la chambre il a fait disparaître
Cent objets que son fils aimait à reconnaître,
Jusques au grand portrait dans son beau cadre d'or.
Mais, dans le trou béant, le pauvre petit être
Inquiet, le cœur gros de sanglots... cherche encor!!!

. . . .

Un matin cependant, ainsi qu'un bruit d'abeille,
Une langue oubliée a frappé son oreille;
Il en connaît le son, il en connaît les mots:
Ces mots que dit la mère à l'enfant qui s'éveille,
En passant son visage entre les blancs rideaux.

Puis il sent tout à coup sur son front, le cher ange!
Les baisers d'autrefois. Souriant, en échange,

Au cou d'une ombre vague il jette ses deux bras :
Il ne l'a jamais vue... et pourtant, chose étrange !
« Reste, a-t-il dit, oh ! reste, et ne me quitte pas ! »

Elle alors tout heureuse, elle alors toute fière
De sentir cet enfant l'enlacer comme un lierre,
Le saisit et l'emporte, à côté de son lit
L'agenouille, et lui dicte une belle prière
Devant le grand portrait par ses soins rétabli.

Et comme tout pour lui n'est qu'énigmes, mystères :
« Écoute, a-t-elle dit, Dieu t'a donné deux mères :
L'une t'a mis au monde, et, vers le Paradis,
Sans fouler plus longtemps ce séjour de misères,
A pris son vol, afin de prier pour son fils.

Je suis l'autre ! Vers toi la première m'envoie :
« Porte-lui, me dit-elle, et le calme et la joie ;
« Près de lui tiens ma place. Oh ! qu'il soit ton enfant !
« Et, pour le détourner de la mauvaise voie,
« Dis, en montrant mes traits : « Elle te le défend ! »

« Oui, sois toujours sa mère ! Achève mon ouvrage ;
« Et, s'il te quitte un jour pour un lointain voyage,
« Ah ! que les mots d'honneur et d'amour filial
« Soient son port de refuge à l'heure du naufrage :
« Que nos deux noms unis lui servent de fanal !

« Dieu de ses dons pour lui ne fut pas économe.
« Ce fils que j'enfantai, tu dois en faire un homme !
« C'est là mon dernier vœu, c'est là mon testament.
« Il faut que son pays avec orgueil le nomme,
« Et que sa gloire enfin soit ton couronnement ! »

. . . .

Ce mensonge pieux qui comble un vide immense
Au cœur de l'orphelin, maternelle éloquence !
Tu sais l'envelopper de termes enfantins ;
Et tu le fais germer, ainsi qu'une semence,
A force de baisers sur sa bouche et ses mains !

. . . .
. . . .

Puis l'enfant a grandi ! Le temps sur ces mystères,

Sur son adoption a jeté des lumières :
Il sait tout !... Mais déjà, sur un unique autel,
Son cœur les confondant adore ses deux mères,
Dont l'une aime ici-bas, quand l'autre prie au ciel !

LA LOGETTE

POËME

A Monsieur Saint-René Taillandier,

DE L'ACADÉMIE FRANÇAISE

La Logette! Malgré sa naïve apparence,
Ce nom, comme un poignard, souvent me frappe au cœur;
Il jette un voile noir sur ma première enfance,
Où j'ai compté pourtant bien des jours de bonheur.

La Logette! C'était... Permettez que l'histoire
Pour vous intéresser parte d'un peu plus haut:
Que servirait d'en faire une énigme, un grimoire?
Être clair avant tout n'est jamais un défaut.

---

1. Poëme inséré dans le *Recueil de l'Académie des Jeux floraux*, 1877.

Remontons, s'il vous plaît, au temps de mon jeune âge :
Mes parents habitaient une vaste maison,
Et, contre elle appuyée, une autre, d'un étage,
S'élevait bien modeste.— Oratoire ou prison,

Qui l'eut pu deviner? Pour vous faire une idée
De ses murs lézardés, criblés de mille trous,
Et de son morne aspect, évoquez devant vous
Un vieillard cacochyme, à la face ridée.

Pourtant, sa porte en chêne aux quadruples verrous,
Son gros marteau de fer, sa solide armature,
Ses bizarres dessins, formés de larges clous,
Lui donnaient un grand air, une noble figure :

Tels, en Espagne, on voit, la rapière au côté,
Des mendiants hautains sous leurs sales défroques
Implorer une aumône, et, relevant leurs loques,
Passer sans un merci, drapés dans leur fierté.

Un choc, le moindre bruit qui venait de la rue,
Ébranlait ce logis où rien n'était d'aplomb,
Dont les petits carreaux à la noire verrue
S'agitaient tout tremblants dans leurs cadres de plomb.

Jamais ne s'en ouvrait ni porte ni fenêtre;
Mais un jour chaque mois, le premier mercredi,
Quand à la cathédrale on entendait midi,
Dans l'austère maison se glissait un vieux prêtre.

Oh ! je le vois toujours avec ses traits flétris,
Son long buste voûté flottant dans sa soutane;
Je vois l'éclair jaillir de ses petits yeux gris
Et sa tremblante main s'appuyer sur sa canne.

Il venait pour dîner — son couvert était mis.
D'une immense douleur gardant encor la trace,
Une femme en grand deuil lui faisait bientôt face.
Entre eux deux, au dessert, parfois j'étais admis.

Tandis qu'enfant gâté, sur les tartes, la crème
Et les nougats croquants, que sais-je? enfin, sur tout!
Même sur les beignets moulés en saint emblème,
Sans être interrogé, j'osais dire mon goût,

Ils échangeaient, tout bas, et comme en confidence,
Des souvenirs, des noms qui m'étaient inconnus,
Mais que depuis, hélas! en frémissant j'ai lus :
Robespierre, Marat, les bourreaux de la France!

Enfin, à certains jours, le lourd marteau de fer
Sur la porte, vingt fois en une matinée,
Retombait. Des vieillards à mine décharnée
Accouraient en dépit des rigueurs de l'hiver!

Pouvaient-ils t'oublier, ô saint anniversaire!
Ces nobles, ces bourgeois, ces prêtres, ces soldats?
Pouvaient-ils t'oublier, ô pieux sanctuaire?
Et toi, noble héroïne, ô toi qui les sauvas?

*
* *

Quand revenait Décembre, à jour fixe, le treize,
Devant cette maison un auguste prélat
Arrivait, bien qu'âgé, d'un lointain diocèse,
Ainsi qu'un voyageur, simplement, sans éclat.

Il gagnait en silence une antique tourelle,
Plantée ainsi qu'un mât à l'angle de la cour,
Et, comprimant à peine une angoisse cruelle,
Sans en franchir le seuil il rôdait alentour.

Avertie aussitôt par sa vieille servante,
La pauvre femme en deuil, une lampe à la main,
Accourait, et, passant sous la voûte tremblante,
Au vénérable évêque indiquait le chemin.

Curieux, indiscret, je veux de leur démarche
Connaître le vrai but. Dans l'étroit escalier
Formant une spirale autour d'un gros pilier
Et dont ils font craquer en montant chaque marche,

Je les suis à distance : enfin je vais savoir !!!
On s'arrête... on se parle... et dans une coulisse,
Sous un léger effort, un pan de cloison glisse...
Stupéfait, tout tremblant, je n'ose me mouvoir :

Car il ne peut s'ouvrir qu'à hauteur de ceinture ;
Et, le corps tout courbé, les malheureux vieillards,
Se traînant à genoux, pareils à des lézards,
Pénètrent en rampant par l'étroite ouverture.

Puis éclatent soudain des sanglots et des cris :
Horribles désespoirs mêlés à des prières,
Angéliques accents venant du paradis !
Et je crois sur mes mains sentir pleurer les pierres.

L'évêque répétait : « Noble et vaillant martyr,
De ton cœur généreux toi qui fus la victime,
Pardonne-moi ! D'en haut, tu vois mon repentir ;
Puissé-je dans mon sang, au moins, laver mon crime ! »

Une lèvre souvent se collait sur le mur,
Et c'étaient des baisers, tels qu'en donne une mère
A son bel ange aimé qui va quitter la terre,
A son enfant dont l'œil flotte vitreux, obscur.

Tout se tait ! ! ! J'ai couru révéler à mon père
Ce qu'à mes sens la peur a sans doute grossi :
« Bah ! dit-il, la Logette ! » et ce nouveau mystère
Est devenu pour moi le plus cuisant souci.

*
* *

Un jour, longtemps après, la cour était déserte :
Je gagne en tapinois la tour et l'escalier,
Et trouve par bonheur la porte grande ouverte,
Je m'élance en deux bonds jusqu'au fatal palier.

De la porte longtemps ma main cherche la trace,
Enfin je la découvre, et pénètre aisément,
Fluet comme je suis, jusqu'au cœur de la place,
Et je reste cloué par le saisissement.

Car je vois devant moi, noircis par la poussière,
Mille petits carreaux formant un long vitrail,
Où l'active araignée a tendu son travail,
Par où passe à grand'peine un filet de lumière.

Assombrissant encor ce demi-jour douteux,
Au dehors, un vieux lierre à l'énorme envergure,
Masque le grand châssis de ses bras tortueux,
Et projette partout sa bizarre figure.

Je suis dans la Logette, espèce de placard
Long de six pas au plus, creusé dans la muraille,
Où l'on marche le dos voûté comme un vieillard,
Ou bien tel qu'un poltron dans un jour de bataille.

Mais que vois-je au plafond, aux vitres, aux lambris ?
Des maximes, des vers, une austère sentence ;
Plus loin, des mots épars... comme les derniers cris
D'infortunés au ciel demandant assistance ;

Un espoir... un regret... de déchirants adieux...
Une tendre prière à côté d'un blasphème,
Des chiffres enlacés ou groupés deux par deux,
Tout ce qui se résume en ce seul mot : Je t'aime !

Enfin des ex-voto, des croix, des chapelets
Encadrant de leurs grains la profane amulette?...
Mais qu'aperçois-je à l'angle obscur de la Logette ?
Est-ce du sang figé que ces larges filets?

Est-ce du sang figé que cette éclaboussure?
Ces empreintes de main aux lambris, aux pavés?
Ce sang, eh quoi ! le temps ne l'aurait pas lavé?
J'y songe... ici peut-être on donnait la torture !

Fuyons ! car je pressens un horrible danger. —
Je vais me dérober à cette affreuse scène,
Quand tout près de la trappe un frôlement léger
Jusqu'au fond du réduit d'un seul bond me ramène.

* * *

Devant le trou béant qui donc s'est arrêté?
J'entends un léger cri, quelques mots à voix basse,

Et vois par l'ouverture un long buste qui passe,
C'est l'évêque... aujourd'hui, c'est donc... Fatalité !

Oui, c'est le jour sacré, le sombre anniversaire,
Mon cœur indifférent s'en est-il souvenu?
Mais lui, malgré son âge, il est encor venu
Gravir en gémissant le douloureux calvaire.

Sa compagne le suit, et dès qu'elle me voit :
« — Ah ! malheureux enfant ! dit-elle d'un ton ferme,
A tes jours de bonheur, tu veux donc mettre un terme ?
On n'apprend qu'à pleurer dans ce fatal endroit.

Eh bien, tu sauras tout. » Sa voix entrecoupée,
Alors me retraça les jours de la Terreur
Qui jetaient au bourreau gens de robe et d'épée,
Et courbaient le pays sous un maître : la Peur !

Où l'on supprimait Dieu, ses autels et ses prêtres ;
Où Courage, Innocence, et Génie et Beauté,
Sommairement jugés, condamnés comme traîtres,
Mouraient au nom d'un mythe appelé Liberté.

Elle évoquait cent noms bien connus dans la ville,
En me disant : C'est là que je les ai cachés.
Oh! combien par mes soins et grâce à cet asile,
Furent à l'échafaud autrefois arrachés!

Chaque relique, alors, eut sa lugubre histoire,
Et son drame émouvant; chaque chiffre enlacé,
Les sentences, les vers, le moindre mot tracé,
Tout est resté, depuis, gravé dans ma mémoire.

« Un jour, ajouta-t-elle, à travers la maison
S'élancent, en jetant des cris de mort atroces,
Des bandes d'égorgeurs sondant à coups de crosses
Les planchers, les plafonds, et jusqu'à la cloison.

Que cherchaient-ils?... Enfant, le père de ton père!
Mais par ce grand vitrail il put gagner les toits,
Puis les jardins voisins... atteindre enfin les bois,
Et se mettre à l'abri sur la terre étrangère. »

Ce fut, en cet instant, l'Évêque qui parla.
Nous effleurions alors les sinistres empreintes ;
Comme je reculais : « Ami, ces marques saintes,
Contemple-les, dit-il... la mort a passé là.

De Saint-Louis j'étais alors simple vicaire.
Dans mon humble maison cerné pendant la nuit,
Je m'échappe, et, suivi d'un infâme sicaire,
M'élance par la ville, où l'instinct me conduit.

Une porte soudain devant moi s'est ouverte...
Je m'y jette, une main aussitôt prend ma main
Et me guide, à tâtons, par un étroit chemin :
« Pas un mot, me dit-on, sinon c'est votre perte. »

J'arrive ici ! Je tombe aux pieds de mon sauveur :
Que béni soit le Ciel; ils ont perdu ma trace !
Et je me tiens blotti, n'osant changer de place,
Quand des cris déchirants me frappent de stupeur.

L'injure s'y mêlait : « Arrière, citoyenne !
« Enfin nous le tenons ce mangeur de bon Dieu !
« Ah ! tu nous le cachais ? prends bien garde à ce jeu !
« Nous pourrions te chanter une mauvaise antienne. »

Des piques sur la dalle on entendait les coups,
De sinistres reflets illuminaient la rue;
S'accrochant aux bourreaux, suppliante, à genoux,
Rampait de marche en marche une femme éperdue.

Hélas! j'étais trahi! Sans sonder les lambris,
On monte d'un pas sûr... on s'arrête à la trappe,
Sans chercher son secret, de la hache on la frappe.
Elle vole en éclats... ce n'est plus qu'un débris!

Mais déjà d'un élan j'ai franchi la fenêtre,
Et m'y tiens en dehors un instant cramponné,
C'est assez! car j'ai vu dans la baie apparaître
Les hideux assassins au visage aviné :

« Frappez! » dit mon sauveur, découvrant sa poitrine
Et s'avancant vers eux. Son front n'a pas un pli,
D'une mâle fierté se gonfle sa narine,
Son œil porte l'orgueil du devoir accompli.

Mais tous ont reculé... quand l'un d'entre eux ricane,
Et, montrant le vitrail : « C'est par là qu'il a fui.
« — La preuve? voyez donc ce lambeau de soutane. »
« — Ah! tu nous l'as volé? Tu vas payer pour lui! »
. . . .

Il tomba!... Moi je vis! Adorons ta justice,
Seigneur! il te manquait un martyr dans ton ciel

Et tu l'avais choisi pour vider le calice.
Je ne méritais pas le triomphe éternel. »

*
* *

Quand vous rencontrerez, tout pensif, au rivage,
Écoutant de la mer les bruits harmonieux,
Un marin... approchez, regardez son visage...
Vous lui verrez souvent des larmes dans les yeux.

C'est qu'il songe à tous ceux que l'Océan recouvre,
A tous ses compagnons, ses parents, ses amis,
Morts sur des bords lointains, ou que la vague a pris,
Et de son cœur saignant la blessure se rouvre.

Ainsi de moi ! Voulant parfois me rajeunir,
D'un passé déjà loin j'écarte la poussière ;
Mais quand d'un œil ardent je cherche la lumière,
Pourquoi voit-on soudain mon front se rembrunir ?

C'est que l'oracle est là qui s'accomplit sans cesse,
Au milieu des plaisirs il jette un cri perçant.
Il couvre d'un linceul mon heureuse jeunesse,
Mes plus doux souvenirs d'un nuage de sang.

LES DEUX ARMÉES

PIÈCE COMPOSÉE POUR LA FÊTE DE BIENFAISANCE AU PROFIT DES INSTITUTRICES DU DÉPARTEMENT DE LA SEINE

A Madame Charvet de Bayfort.

J'ai remarqué souvent qu'un à-propos, un rien
Savamment exploité, produisent un grand bien.
En voulez-vous la preuve?
Un jour, une fillette
Au gai babil pareil au chant de l'alouette,
Passait devant la grille et les larges fossés,
Les canons menaçants sur leurs affûts dressés,
Qui semblent protéger l'hôtel des Invalides.
Elle allait folâtrant. — De ses rayons limpides

Le soleil l'inondait; quand, tout à coup, ses yeux
Se fixent sur un point, attentifs, anxieux,
Et son petit cœur bat à rompre sa poitrine.
Que voit-elle?... Un soldat de haute et fière mine,
« Un brave! » comme on dit, à la jambe de bois,
Le bras gauche amputé... mais il porte la croix!
Ce vieux débris, allant de l'une à l'autre pièce,
Semble leur parler bas, leur faire une caresse,
Frappe de temps en temps, de son unique main,
A petits coups légers, leur culasse d'airain.

La fillette étonnée a couru vers sa mère,
Qui murmure à l'écart: « Epouvantable guerre!
Quand donc cesseras-tu de prendre nos enfants?
Et devrons-nous toujours, quand encor tu les rends
Meurtris ou mutilés, nous estimer heureuses?
Maudites soyez-vous, ô luttes odieuses!
Maudite soit la gloire au prix de tels combats! »
Puis elle prend sa fille et l'entraîne à grands pas.

L'enfant, qui sur sa joue a vu couler des larmes,
Tâche, par son babil, de bannir ses alarmes:
« Le pauvre homme! Comment fait-il pour s'habiller?
Avec sa seule main il ne peut travailler.

Qui donc prend soin de lui, veille à sa subsistance? »
La mère a répondu par ces grands mots :
« La France !
« Pour elle il a donné tout son sang, en retour
Elle lui doit du pain jusqu'à son dernier jour. »
L'enfant reste interdite, et sa jeune cervelle,
Tourne ses questions d'une façon nouvelle :
Sa mère alors lui fait, en termes moins pompeux,
De l'exécrable guerre un tableau douloureux. —

*
* *

Midi sonne. C'est l'heure où, selon l'habitude,
Toujours exacte accourt la maîtresse d'étude.
Quel travail chez l'enfant s'accomplit ce jour-là ?
Peut-être, par sa bouche, est-ce Dieu qui parla.
Au vieux soldat blessé comparant sa maîtresse,
Dont la robe fanée annonce la détresse ,
Qui marche un peu courbée et n'y voit plus très-clair,
Quoique ses yeux parfois vous lancent un éclair,
Le front intelligent, mais sillonné de rides :
« Pourquoi n'entrez-vous pas, Madame, aux Invalides ?»

Dit-elle simplement.

Aussitôt dans ses bras
Sa mère la saisit.... L'enfant ne comprend pas,
Et d'un air effaré la regarde ! — Mais elle,
D'une étrange beauté son visage étincelle ;
Tout dans sa pose est grand, digne, religieux ;
Il semble qu'inspirée, elle lit dans les cieux.

. . . .

. . . .

C'est qu'à ses yeux défile une intrépide armée.
Le fer de l'ennemi ne l'a pas décimée ;
Pour voler à la gloire et se faire un beau nom,
Jamais on ne la vit affronter le canon.
Ses soldats, cependant, portent des cicatrices ;
Tous ils pourraient montrer leurs états de services ;
Elle a des vétérans parmi ses escadrons,
Qui se redressent, fiers de leurs triples chevrons.
Tandis que l'autre armée a déposé le glaive,
La voyez-vous luttant sans repos et sans trêve,
Debout pour le combat aux lueurs du matin,
Oubliant le sommeil et trop souvent la faim ?
Et jamais, non jamais, troupe héroïque et sainte,
Ne sort de votre bouche un regret, une plainte.
Que d'embûches pourtant, que de séductions
Pourraient vous arracher à vos privations !...

Arrière ! « Honneur, travail ! » telle est votre devise ;
Avec ces deux mots-là, nul soldat ne pactise.

*
* *

La vision, ainsi qu'un nuage, a passé,
Mais la mère, en son cœur, porte un plan tout tracé.
« Quoi ! de ces combattants aux intrépides âmes
L'État vient dire : « Allons ! ce ne sont que des femmes :
« Pour de pareils soldats la France ne peut rien,
« Et vous qui l'implorez, vous l'implorez en vain ? »
Eh bien, nous leur ferons une digne retraite :
Ce n'est point un bienfait, c'est l'acquit d'une dette.
A nous de racheter cet outrageant dédain
Et de leur assurer un asile... et du pain. »

. . . .

Oh oui ! Composez-leur une opulente gerbe,
Il en est qui n'ont vu leur récolte qu'en herbe.
Gardez-vous d'oublier comment, dans tous les cœurs,
Elles s'insinuaient et régnaient en vainqueurs.
Souvenez-vous encor des douces causeries
Chassant de votre esprit les vagues reveries,

De leurs conseils discrets émaillant la leçon
Et s'adressant à l'âme autant qu'à la raison.
Avril est arrivé : tout s'y gonfle de séve ;
La nature y devient aussi belle qu'un rêve,
Les neiges ont fait place aux plus riants tapis ;
Déjà dans les brins d'herbe on pressent les épis.
Ah ! de ce mois si beau, si rempli de promesses,
Où nous sentons nos cœurs éclater en tendresses
Et des pleurs dans les yeux tout à coup nous venir,
Où l'on ne sait qu'aimer et chanter et bénir,
De ce mois idéal subissez l'influence !
S'il ouvre ses trésors, s'il donne en abondance,
Donnez à votre tour, donnez sans réfléchir :
Acquitter une dette est encor s'enrichir ;
Quand vous aurez donné, n'en soyez pas plus fières,
Et nommez-les toujours, bien haut, *vos créancières.*

AVEUGLEMENT

FRAGMENT

A Monsieur Auguste De Vaucelle,

Président de l'*Académie des Poëtes.*

Je la rencontre un jour. Feignant de ne pas voir,
Sur son bonnet plissé, le large ruban noir :
« Votre fille va mieux, n'est-ce pas, pauvre mère ? »
— Ma fille ?... Hélas ! docteur, nous l'avons mise en terre
Voilà de ça huit jours.
                                        — Elle est morte ?... Pourquoi,
Quand son mal empirait, n'avez-vous pas vers moi
Aussitôt envoyé ?
                                        — Dame ! un franc la visite !
Pour nous c'est un peu cher... notre bourse est petite.

Le curé nous disait : « Prières, oraisons
« Valent mille fois mieux que les affreux poisons
« De tous vos médecins. Allez! brûlez un cierge,
« Pour votre enfant malade, à l'autel de la Vierge. »
J'en brûlai jusqu'à dix!... mais l'enfant s'affaiblit,
Et je la trouvai morte, un matin, dans son lit.
— Morte!!!
— Hélas! oui. Bientôt nous l'avons mise en
Elle est près de sa sœur, là-bas, au cimetière.
Oh! que j'aurais voulu plus longtemps la garder!
Je la trouvais encor si bonne à regarder!
Le soleil sur son front avait jeté des roses;
Un sourire effleurait ses lèvres demi-closes;
Croyant voir à ses cils une larme briller,
Je retenais mon pas, crainte de l'éveiller.
— C'est horrible! Et quoi donc! nul parent, nulle am
N'était là pour vous dire : elle n'est qu'endormie;
Pour vous ouvrir les yeux, dissiper votre erreur?
Que n'avez-vous au moins fait mander le pasteur?
« Espérez, eût-il dit, votre enfant n'est point morte. »
— Voyons, docteur, pourquoi vous moquer de la sorte?
Mais c'est lui, le curé, qui croisa sans efforts
Ses bras sur sa poitrine, en deux plia son corps,
Et, voyant d'un rayon sa figure éblouie,
S'écria : « Cette enfant n'est point évanouie.

« Son charmant incarnat, sa nouvelle beauté,
« Tout en elle, déjà, prouve sa sainteté.
« C'est un ange! prions! car Dieu, pour son entrée
« Au séjour des élus, l'a d'avance parée! »

. . . .

Oh! quand reviendra-t-on d'un tel aveuglement,
Qui porte en lui, parfois, un cruel châtiment?

UTILE DULCI

SOUVENIRS D'ENFANCE

A Monsieur Adolphe Louveau.

« Allons, enfants, partons chez la tante Dulci ! »
Tous les trois, à ces mots, nous froncions le sourcil,
Et, jusques au grenier fuyant à tire-d'aile,
D'une armée en déroute offrions le modèle.
Inutiles efforts !!! Une poigne de fer
Nous rattrapait bientôt. Or, c'était en hiver,
Au premier jour de l'an, que chez notre grand'tante
Ainsi l'on nous traînait. — Depuis mil huit cent trente,
C'est-à-dire depuis la chute des Bourbons,
« Que croupissait la France en de honteux bas-fonds »
(C'est la tante qui parle), on ne l'avait point vue
Se mettre à sa croisée ou traverser la rue :

Dans son lugubre hôtel cloîtrée, elle boudait,
— Comme on disait alors, — et, paisible, attendait,
S'appuyant je ne sais sur quelle prophétie,
Le retour de *son roi*, comme un Juif le Messie.
Puis, voyant qu'à ce roi nul ne tendait la main,
Elle avait déclaré la guerre au genre humain.
Voulez-vous son portrait ? — Nature acariâtre.
Sa face reflétait une teinte olivâtre ;
Sous des sourcils épais brillaient ses yeux perçants ;
Dans sa bouche branlaient au plus quatre ou cinq dents.
Son nez et son menton se querellaient sans cesse.
Que vous dirai-je enfin?... un vrai type d'ogresse !
Jusques au cou plongée au fond d'un grand fauteuil,
Du monarque en exil portant toujours le deuil,
Cachant mal sa maigreur sous sa noire lévite,
Elle avait à ses pieds, fidèle satellite,
Un ignoble roquet jappant à tous venants,
Et qui s'en prenait même aux mollets des enfants.
Vous la voyez d'ici, cette affreuse grand'tante,
Vivant contraste avec l'épithète charmante
Dont nous l'avons parée au début du récit,
Mot qu'on dit en rêvant.... le beau nom de Dulci !

Mais, d'où lui venait-il ?
N'en faisons point mystère.

A peine entrés tous trois, vers son grand secrétaire
La vieille se traînait gravement, à pas lents,
Comme un spectre, en ouvrait avec soin les battants,
Y prenait deux paquets noués d'un ruban rose,
Les donnait à mes sœurs, en affectant la pose
Qu'a prêté maint artiste à ces grands conquérants
Décorant de leur main leurs plus vieux vétérans.
De ses lèvres, alors, une phrase latine
(Car c'était un bas-bleu) s'échappait en sourdine,
Lentement débitée, avec cette onction
Du prêtre vous donnant la bénédiction.
Oui, c'était du latin que tous ces mots étranges :
Ils tenaient lieu pour nous de jouets et d'oranges;
Et comme avec le temps nous n'avions réussi
Qu'à retenir ceux-là seuls : *Utile dulci*,
Nous avions, du dernier, fait un nom de baptême :
Sarcasme ! on te retrouve au cœur de l'enfant même.

Un troisième paquet, noué d'un ruban bleu,
Restait dans le tiroir :
« Çà, mon joli neveu,
Approchez, approchez ! » criait cette mégère.
Tout tremblant j'avançais sous son regard sévère,
Car j'avais souvenir de certain compliment

Récité pour sa fête, imperturbablement —
Superbe pièce en vers, mais ainsi terminée :
« Puisse Dieu, près de lui, t'appeler dans l'année ! »
Je les voyais encor, les foudroyants effets
Que mes vœux si chrétiens sur son cœur avaient faits;
Elle était toujours là, blême, bouleversée ;
Je l'entendais crier avec sa voix cassée :
« Hors d'ici, scélérat! hors d'ici. sacripant!
Viens-tu pour me lancer ton venin de serpent ?
Holà ! mes gens, à moi ! qu'on le jette à la porte! »
Oui, je l'avais quittée, un jour de cette sorte.
Et depuis, tout, pour elle, était occasion
D'évoquer le passé, d'y faire allusion :
« Eh bien, mon cher neveu, je suis toujours vivante ;
J'ai bon pied, j'ai bon œil ; je suis fort bien portante.
Le Ciel, convenez-en, reste sourd à vos vœux. »
Et mille autres propos.
Moi, je baissais les yeux,
Ainsi qu'un criminel que le remords écrase.
Bref, tout se terminait par l'éternelle phrase
Et l'*Utile dulci* qu'on me jetait au nez,
Accompagné d'un geste et d'un seul mot : « Sortez ! »

. . . .

Enfin elle mourut ! et mon affreux martyre
Finissant désormais, il me reste à vous dire

(Car pour le deviner vous chercheriez longtemps)
Ce qu'elle nous donna pendant près de dix ans :
Cet *Utile dulci,* je ris lorsque j'y songe,
Eh bien, c'était, c'était... chaque fois... une éponge

MORTE AU MONDE

A MA SŒUR

« Que le Seigneur lassé, dans sa juste colère,
Frappe l'époux parjure et la femme adultère ;
Pour leur faire sentir ce qu'il veut ou défend,
Qu'il jette un grand désastre au milieu de leur joie,
Qu'à sa voix la Mort vole, et, fondant sur sa proie,
Emporte leur plus cher ènfant !

« Mais à toi, pauvre mère, ô sainte entre les saintes !
A toi qui n'eus pour nous que de chaudes étreintes,
A toi la gardienne et l'ange du foyer,
Ce deuil anticipé, cet affreux sacrifice,
A-t-il, ce Dieu d'amour, de bonté, de justice,
Le droit de te les envoyer ?

« Que fait-il de ta fille ?... une morte vivante !
Il pare son front pur du titre de servante
De l'orphelin, du pauvre, ainsi que d'un joyau ;
Dans l'éternel oubli la contraint à descendre,
Pour être moins encor, désormais, que la cendre
Qu'on retrouve au fond du tombeau ! »

. . . .

Ma mère m'écoutait, puis, relevant la tête,
A lancer l'anathème elle me semblait prête,
Quand des pleurs tout à coup sont montés à ses yeux.
Un mot, un seul, arrive à sa lèvre : « Espérance ! »
Mais son geste lui donne une triste éloquence :
Son doigt s'est levé vers les cieux !

Car c'était à ma mère, un matin de novembre,
Que je parlais ainsi. — Sur le seuil de ma chambre
Elle m'est apparue en grand deuil : — « O mon fils !
Voici le jour fatal !... Aurai-je le courage ?... »
Sa voix ne peut, hélas ! en dire davantage.
C'était assez !... J'avais compris !

J'avais compris, au son des cloches ébranlées,
Qui lançaient dans les airs leurs superbes volées,

Que pour le sacrifice on préparait l'autel ;
Et leurs graves accords, tels qu'un glas funéraire,
Tombaient, sinistre adieu, sur le cœur de ma mère
Et le frappaient d'un coup mortel.

A l'arbre qui chancelle épargnons la cognée. —
Mon père et moi l'avons prudemment éloignée,
Au moment solennel, des abords du couvent ;
Nous allons seuls, tous deux, y subir la torture,
Tandis qu'elle, à l'écart, invoque, prie, adjure
Dieu de lui rendre son enfant.

Jour d'angoisse et de deuil, qui laisse encor sa trace
En mon cœur déchiré ! — Je la vois, cette place
Avec soin réservée aux plus proches parents ;
Du portail jusqu'au chœur, je vois, comme une houle,
S'élever, s'abaisser les têtes de la foule :
Des amis ! des indifférents ! ! !

Un rideau s'est ouvert.— D'un long et sombre cloître
L'église, devant moi, semble soudain s'accroître.
Aux tremblantes lueurs qui tombent du plafond,
J'aperçois, par le jeûne et l'extase jaunies,
Des nonnes récitant de saintes litanies
Dans un recueillement profond.

Par un hymne sacré pieusement unie,
La foule est à genoux. De longs flots d'harmonie,
Modulés avec art, accompagnent ses chants.
Tout à coup un évêque, imposant sous sa mitre,
S'avance, crosse en main, précédé du chapitre
Et dans un nuage d'encens.

Il s'assied, il se signe, et, tourné vers la grille :
— « Je vous bénis, dit-il, je vous bénis, ma fille;
Marchez et combattez sous le saint étendard,
O vous qui rejetez tous les biens de ce monde,
Ses attraits, ses plaisirs, plus inconstants que l'onde,
Pour choisir la meilleure part ! »

Dans un pompeux discours, le prélat, goutte à goutte,
Semble lui distiller ses devoirs... Et j'écoute ! ! !
Les phrases, par fragments, m'arrivent. Les grands mots
D'amour de son prochain, de céleste patrie,
Tombent de tout leur poids sur mon âme meurtrie,
Et la déchirent en lambeaux.

Puis, devant mes yeux passe un décevant mirage :
La famille !... l'enfant !... le foyer !... le ménage...
L'épouse tressaillant aux baisers de l'époux !

— « Eh quoi! me dis-je alors, ma sœur, sur cette terre,
Ne pourra donc jamais adorer... qu'un mystère :
Le Christ attaché par trois clous?... »

Je m'abusais, hélas! — Des mines effarées,
Indices trop certains de raisons égarées;
Des vieillards répugnants; le déplorable fruit
D'amours inavoués, du honteux adultère;
Des enfants dont pas un ne peut nommer son père,
Jetés au tour pendant la nuit...

Voilà, dans l'avenir, son unique famille,
Celle où va tout son cœur et de sœur et de fille!
Ces préaux sans ombrage à tous les vents ouverts,
Et ces froids corridors, ces lugubres murailles
Qui semblent l'enserrer comme dans des tenailles,
Oui, c'est là tout son univers!

Ce que je vois alors, oh! comment le décrire?
Cette sœur tant aimée et dont le frais sourire
Brillait comme un soleil sur toute la maison,
Cette sœur en tout temps ma fidèle compagne,
Qui faisait avec moi cent châteaux en Espagne
Et cent projets hors de saison.

Elle est là, devant moi, coquettement parée,
Pour le saint holocauste avec soin préparée.
Sous de longs voiles blancs, la fleur de l'oranger
Se mêle à ses cheveux en flexible couronne;
Je la vois, vers l'autel, ineffable madone !
Qui s'avance d'un pied léger.

Autour d'elle il s'est fait un lugubre murmure,
D'où sortent par trois fois ces grands mots : « Je le jure! »
Prononcés dans l'extase et dans l'enivrement.
Sur l'Évangile ouvert sa main s'est étendue,
Et le Maître divin, au plus haut de la nùe,
A ratifié son serment.

La novice au milieu du cloître s'agenouille;
De ses vains ornements chaque sœur la dépouille
Et de ses cheveux noirs déroule les anneaux.
Il me semble... ô cruel effet de la pensée !
Que par mille bourreaux sa vie est menacée...
Oui, j'entends grincer des ciseaux !

. . . .

. . . .

Quand le rideau vivant qui l'avait entourée
S'ouvre, et qu'elle apparaît sous la sainte livrée

De l'ange qui recueille et soutient l'indigent :
Voile encadré de blanc, longue robe de bure
Cachant à tous les yeux sa charmante tournure,
Crucifix d'ébène et d'argent...

Je jette un cri terrible, un de ces cris de haine
Qui n'ont rien de commun avec la langue humaine,
Et je tombe... tandis que le *De Profundis*,
Qui tout à coup éclate et passe sur ma tête,
Pour ma sœur en délire est un vrai chant de fête :
Le cantique du paradis !

. . . .

« Du monde pour jamais vous n'êtes point bannie, »
A dit le saint évêque. — O sanglante ironie !
Oui, nous nous reverrons ; mais quand ?... Le jour affreux
Où, râlant, je suerai ma dernière agonie,
Et lorsque j'entrerai dans l'éternelle vie,
Sa main me fermera les yeux[1].

---

1. Les religieuses hospitalières dont il est question peuvent assister leurs parents dans leurs maladies et rester près d'eux jusqu'à ce que les derniers devoirs leur soient rendus.

LES ANGES DE LA FRANCE

A Monsieur Honoré Arnoul,

Secrétaire général de la Société d'Encouragement au bien.

Dieu dans son paradis n'a pas mis tous ses anges ;
Il en reste ici-bas qui, groupés en phalanges,
Pacifiques rivaux de nos bouillants soldats,
Sont tout prêts à marcher... mais à d'autres combats.
Sur leur poitrine en vain cherche-t-on des médailles,
Des insignes brillants, de grands noms de batailles :
Leurs actes généreux, qu'ils ont soin de cacher,
A l'oubli trop souvent il faut les arracher !
Mais elle sonne enfin, l'heure de la justice,
Et si, pour accomplir l'œuvre réparatrice,
Je ne puis retracer ici, selon mes vœux,
Tous les nobles élans, les actes courageux,

Sur quelques-uns au moins projetons la lumière;
Et si dans le palais, et si dans la chaumière,
On les prend désormais pour exemple et pour but,
Je leur aurai payé le plus digne tribut.

Entendez-vous, là-bas, cette jeune ouvrière ?
« Mon Dieu ! mon Dieu ! dit-elle en sanglotant, que faire
Si je vais au travail, qui gardera l'enfant ?
L'emmener ? je ne puis : le patron le défend. »
Passait alors un ange. Oh ! quel trait de lumière !
« Allez ! à votre enfant nous tiendrons lieu de mère;
Notre toit, jusqu'au soir, lui servira d'abri,
Et vous le reprendrez bien soigné, bien nourri. »

Des *Crèches* telle fut la modeste origine.

Plus loin, un malheureux se frappe la poitrine;
Il se cramponne aux murs, et, près de chanceler :
« J'ai faim, dit-il; pourtant je ne veux pas voler. »
Le Ciel à ses côtés conduit encore un ange
Qui n'entendit jamais ce désespoir étrange.
Il s'informe, l'emmène, et, dès le lendemain,
Contre un léger travail lui garantit du pain.

Quand la ville est en fête, hélas! qui la protége,
La chaste jeune fille? A chaque pas un piége!
Dans ce brillant Paris, si fécond en plaisirs,
Tout lui parle d'amour, excite ses désirs...
Un autre ange a passé : « Prenons-la sous notre aile;
Qu'elle revoie en nous la maison paternelle! »
Plus loin, il tend la main aux jeunes apprentis :
« Au lieu de boire, allons, reprenez vos outils!
Et, pour mettre une digue à vos instincts sordides,
Suivez-nous, prenez-nous pour amis et pour guides. »

« Je suis la sœur du pauvre, et n'ai point d'autre nom;
De votre superflu faites-moi l'abandon,
Dit une voix bien douce; à vos cœurs charitables
Je demande si peu! Les miettes de vos tables
Centuplent leur valeur en passant par ma main,
Et, prenant le plus court et le plus sûr chemin,
Vont droit à l'indigent, n'importe sa croyance!
La secte disparaît devant la bienfaisance. »

D'un stigmate honteux femme marquée au front,
Tu ne veux plus jamais être en butte à l'affront?
Entre dans cet asile à tes desseins propice,
Et tu pourras encor, des abîmes du vice,

T'élancer vers le bien, racheter ton passé,
Et broyer du talon l'ennemi terrassé.

Mais, pour ces malheureux privés de la lumière,
N'est-il point de refuge, une seule carrière?...
Écoutez, écoutez ces sons harmonieux!
Sous les doigts d'un aveugle ils s'élèvent aux cieux,
Et son jeu magistral, qui parfois vous écrase,
En se faisant plus doux vous plonge dans l'extase.

Ah! que de fois aussi, chez le pauvre honteux,
Las de crier vers Dieu sa prière et ses vœux,
Vous vous glissez furtifs et cherchant le mystère,
Anges consolateurs! Là, d'une main légère,
Vous pansez la blessure, offrez discrètement,
Comme un prêt (pourrait-il l'accepter autrement?),
Avec mille détours, des prodiges d'adresse,
L'or qui va l'arracher à l'horrible détresse.

« Ne passez pas un jour sans faire un peu de bien, »
Disait Vincent de Paul. Tel est le seul soutien
De ces filles de Dieu, que leur zèle héroïque
Jette au delà des mers... jusques en Amérique.

Où ne les voit-on pas, leurs longs vêtements gris,
Et leur blanche cornette, et leur grand crucifix ?
Par un fléau leur troupe est-elle décimée,
Soudain jaillit de terre une nouvelle armée,
Qui rend presque jaloux nos plus braves soldats,
Car pour patrie elle a l'Univers ! — Sur ses pas
S'abaissent des États les puissantes barrières ;
Sans lutte elle en franchit montagnes et rivières,
Et, plantant son drapeau partout avec fierté,
Ne montre dans ses plis qu'un nom seul : Charité !

Portez donc haut la tête, anges de ma patrie !
Tressaillez d'allégresse à la voix qui vous crie :
« Trop modestes rivaux de nos vaillants guerriers,
Vous méritez, comme eux, votre part de lauriers.
Ils marchent au canon... et vous à la souffrance ;
Mais dans vos cœurs à tous bat le cœur de la France ! ! !

TABLE

Pages

5929 — Paris, imprimerie D. Jouaust, rue Saint-Honoré, 338.

Dans le même format :

COLLECTION POÉTIQUE

Poésies de Gustave Vinot : Poëmes et Poésies . . . . 3 fr.
Dona Juana, poëme dram. . 2 fr.
Les Neveux du Pape . . . 3 50
Poésies d'Élie Cabrol : La Première Absence, 12 *eaux-fortes*. . . 12 fr.
Comédies. 3 *eaux fortes*. . . 6 fr.
Poésies de Cartairade : Du cœur aux lèvres . . . . 3 fr.
Fleurs sous l'herbe . . . . . 3 fr.
Le Jour et la Nuit . . . . . 3 fr.
Le Cantique des Cantiques, par Numa Bès . . . . 2 fr.
Les Éphémères, par Gabriel Beau. 3 fr.
Les Calvaires, par Gilbert Martin. 3 50
Épaves de jeunesse, par C. Ducroq 2 fr.
Sonnets et Sornettes, par Landeau 2 fr.
Mes Ébauches, par Al. Ferment . 3 fr.
Aube et Brume, par Th. Renauld. 3 fr.
Les Vagabondes, par Ormestine. 3 fr.
Mélodies intimes, par L. Paté. . 2 fr.
Aspirations et Réalités, par F. Maulmond . . . . 3 fr.
Premières Poésies, par P. Milliet. 3 50
Les Petits Ours, par E. Rochard 3 50
Le Médaillon, par L. Duvauchel. 3 fr.
Légendes bouddhiques, par E. Thiaudière. . . . . 1 fr.
Les Illusions, par Em. Favin . . 3 fr.
Amours profondes, par A. Froger. 3 50
Feuilles mortes, par A. Miral . . 2 fr.
Rhapsodies mirifiques . . . . . 3 fr.
L'Ombre de la Mort, par Mme Rattazzi 3 50
Roses noires, par Désyr Ravon . 3 fr.
Rayons jaunes, par O'Saül . . . 2 50
Trois mois d'amour d'un poëte, par F. Delarive . . . . 2 fr.
De nos jours, par B. C. 3 50
Les Premiers Baisers, par H. Buffenoir . . . . 3 fr.
A Molière, par L. Paté . . . . . » 75
Les Libellules, par P. Marius. . 2 fr.
Triolets à Nini, par Grangeneuve. 1 fr.
Amadis, par le comte de Gobineau. 3 50
Fantaisies d'Orient, par le comte de Perrochel . . . . 3 fr.
Rimes de cape et d'épée, par Ogier d'Ivry . . . . 3 fr.
Un Mariage sous la Terreur, par Yrtal. . . . . 3 fr.
Poëmes contemporains, par Désyr Ravon. 3 50
Feuilles du cœur, par Della Rocca. 3 50
Dieu et Patrie, par Marc Bonnefoy. 3 fr.
Myrtes et Cyprès, par G. Eekhoud 3 50
Lacrymæ rerum, par L. Paté . . 2 fr.
La Fanfare du cœur, par L. Solvay 2 50
Marcelle, par M. Duseig. 4 *eaux-fortes* 3 50
Poëmes dramatiques, par A. Mauroy. 2 *eaux-fortes* 2 50
Les Neiges d'antan, par L. de Larmandie. 1 *eau-forte* . . . . . 3 fr.
L'Humanité, par A. Le Dain. . 3 50
Au temps des feuilles, par P. de Ponsevrez 2 50
Pousses et Bourgeons, par G. Nazim . . . . 3 fr.
Idylles françaises, par E. Dochez. 3 fr.
Gallo-Franques, par Jean Larcher. 2 fr.
Vibrations, par Louis Vebé . . . 3 50

Anthologie de Quatrains anciens et modernes 3 50
Fables de La Fontaine annotées par Buffon, ouvrage adopté par le Ministère de l'Instruction publique et la Ville de Paris pour les Bibliothèques scolaires. 1 fort volume de 500 pages . . . . 3 fr.

TRADUCTIONS

ŒUVRES D'HORACE, trad. en vers par Ch. Chautard, avec le texte latin. 2 forts volumes . . . . 10 fr.
RIMES de PÉTRARQUE, traduction complète en vers français par J. Poulenc. 2 volumes . . . . 8 fr.

5020 — Paris, imp. Jouaust, rue Saint-Honoré, 338.

www.ingramcontent.com/pod-product-compliance
Ingram Content Group UK Ltd.
Pitfield, Milton Keynes, MK11 3LW, UK
UKHW020251250726
13967UKWH00004B/1620